性裁
SEISAI
白濁の禊《はくだくのみそぎ》
ブルーゲイル　原作
谷口東吾　著
DOH250R　原画
PARADIGM NOVELS 155

登場人物

綾瀬裕子《あやせゆうこ》　正義たちの学園の国語教師。ドジだが明るく面倒見がいい。学園の屋上から謎の転落死を遂げる。

根岸正義《ねぎしまさよし》

両親を早くに亡くしたため、義妹のきづなと二人暮らしをしている。責任感が強くてまじめな性格。

佐倉《さくら》しおり　学園理事長の娘。成績優秀、スポーツ万能の才女だが、気さくで生徒たちからの信頼もあつい。

根岸《ねぎし》きづな　正義の妹。血は繋がっていないが二人っきりの家族なためか、いつも正義にべったりである。

伊東望《いとうのぞみ》　しおりの幼馴染み。いつもしおりの陰に隠れており、明るい彼女とは反対の人見知りで気弱な性格。

橘《たちばな》　弓《ゆみ》　無口でどこか謎めいた少女。誰にも心を開かない、かたくなな性格。裕子の事故現場によく現れる。

須藤菜美《すどうなみ》　清香の取り巻きの中でいちばん力を持っている。無邪気な明るい性格で、人に抱きつく癖がある。

園城寺清香《えんじょうじきよか》　穏やかで上品な良家のお嬢様。しおりに次ぐ学園のヒロインで、常に取り巻きを連れている。

一条冴枝《いちじょうさえ》　水泳部のエースで、女生徒たちのあこがれの的。言動が男っぽく一匹狼的だが、光には優しい。

凪原光《なぎはらひかる》　素直で大人しい少女。いつも冴枝のそばにいたいために、カナヅチのくせに水泳部に入部している。

第一章 弓

第四章 清香＆菜美

第六章　しおり＆望

目次

プロローグ

「あうっ、あうっ、せ……セックスしてる……私、教え子とセックス、してる……はあ、はあ……先生なのに……先生なのに……」

裕子《ゆうこ》先生は俺の下腹の上で激しく腰を使いながら、うわ言の様に呟《つぶや》いた。

俺は根岸正義《ねぎしまさよし》。清流《せいりゅう》学園に通う三年生だ。

今、俺は自分の部屋で現代国語の教師である綾瀬《あやせ》裕子先生と体を重ねている。

「悪い先生……淫乱《いんらん》教師……私、教え子とセックスして、こんなに、感じてる……いやらしく腰を振ってる……あああっ！」

裕子先生は何かに取り付かれたように俺の上で腰をうねらせながらうわごとのように卑《ひ》猥《わい》な言葉を発しつづけた。

先生の膨らんだヒダが俺のペニスを咥《くわ》え込み、引きずるように伸ばしながら、竿《さお》の部分にへばりついてしごきあげる。

押し込まれるペニスに貼《は》りついて、よじれ、付け根に擦《こす》りつけられ、捏《こ》ね回される。

ヴァギナの左右の、柔らかな膨らみは、ねじ込まれた俺のペニスに押し広げられて、硬く張り、俺の下腹で押《お》し潰《つぶ》された。

「正義君のを……教え子のオチ○チンを、オマ○コでしゃぶってる……ああうっ！」

先生が腰をひねり、身悶《みもだ》えるたびに、先生の膣内《ちつない》で俺のペニスもよじられ、ビリビリとしびれるような感覚が脊椎《せきつい》から脳天へ駆け上っていく。

プロローグ

裕子先生の膣内が、ビクビクと小刻みに痙攣《けいれん》し始め、膣内のトロトロの肉が、膨れ上がって、俺のペニスを押し潰しそうだ。

「はあっ、はあっ、はあっ……正義君っ、先生ね、イキっ！　イキそう……んっ！」

「んっ……先生っ……俺も……俺も、イキそうです……もうっ……」

先生の膣内の蠢《うごめ》きに堪《こら》えきれなくなり、俺の腰がガクガクと跳ねる。

跳ね上がる腰が、限界まで膨れ上がり、反り返ったペニスを、先生の膣内に、力任せに突《つ》き挿《い》れる。

「あっ！　あっ！　あっ！　正義君っ！　いいわっ……イッていいわ……先生の膣内で、イッていいからっ……うあああ！」

俺がガクガクと跳ね上げる腰に、先生は、自分の股間《こかん》をグリグリと押しつけた。

キリキリと巻きつき痙攣する先生の膣内のヒダと、それを押し広げながら脈打つ俺のペニス。

「いっ、イクッ……先生、正義君のオチ○チンで……イッちゃう……イッちゃう……」

キュウウウッ……と、先生が、俺を締《し》めつけた。ねじり潰されそうな苦痛と快感に気が遠くなり掛ける。

俺の頭の中が真っ白になっていく。

その時、熱い塊が腰の後ろから股間を抜けて、ペニスにドッと流れ込んだ。

プロローグ

「あくぅっっ！　せ、せんせっ!!」

ペニスの中を、熱い塊が盛り上がり、通り抜けようとする感覚に、俺がとっさに腰を引いたその時。

びゅっ！　びゅるっ！　びゅくっ……どっくんっ……どぷっ！　びゅるるっ！

俺のペニスが先生の膣内で何度も何度も脈打ちながら、熱い塊を噴き上げた。

「んっ！　あ、あ……出てるっ！　正義君の精液、膣内に、噴き上げてるぅっ……あ、んっ、熱い……あはあああっ……」

精液の塊が先生の膣内に噴き上げるたびに、先生は体をビクンッビクンッと、震え上がらせる。

「先生……気持ちいい……止まらない、止まらないよ……あ、あ！　あああ……」

「いいのよ……もっと出して……全部、先生の膣内に出しちゃっていいのよ。正義君の精液でいっぱいにしてちょうだい……」

先生は、軽く俺のペニスを締めつけて、絞るように、ゆっくりと腰を動かす。

溢《あふ》れ出る精液が、搾られ、吸い上げられて、ドクドクと最後の一滴まで、先生の膣内に流れ込んでいった。

先生の膣内に全《すべ》て出し切ってしまい、俺はグッタリとしていた。裕子先生が、ティッシュで前を押さえながら、ペニスを抜き取る。

「すごくいっぱい出したのね……ほら、先生の膣内から、トロトロ溢れ出てくるわ……」

裕子先生はベッドを降りて、自分の股間から溢れてくる俺の精液を拭《ぬぐ》う。

先生は、俺の方に静かに微笑《ほほえ》むと、膣内から引き抜かれたまま湯気をあげて力なくグニャリとしている俺のペニスの上に屈《かが》み込んだ。

「お疲れ様……んっ……うふふっ……」

俺と先生の混ざり合った液体で汚れたペニスを口に含み、そっと舌で転がして、きれいにしてくれた。

俺は先生のなすがままにされながら色々と考えていた。

「正義君？　疲れちゃった？　眠っちゃったのかしら……風邪をひくわよ……」

先生は、そう言うと、余韻の中、ぼーっとしている俺に布団を掛け直してくれる。

「正義君……ありがとう。ごめんなさい……」

俺が眠りに落ちる寸前に先生はそう言って、裕子先生は俺の部屋を出て行った。泣いていたのか、微笑んでいたのか、判らなかった。


俺は妹のきづなと二人暮しだ。

俺達兄妹は、お袋を早くに亡くし、少し前までは親父《おやじ》と三人で暮していたが、その親父

プロローグ

もきづなが俺と同じ学校に入学した直後に死んだ。

父親を亡くしてからというもの、きづなは毎日、泣いてばかりだった。

裕子先生は、二人きりで暮している俺ときづなの事を気にかけて、何かと面倒を見てくれていた。

ほとんど毎朝、日によっては夜も家にやって来て、きづなと台所に立ったり、俺たち兄妹と食事を共にしたりしている。

親父が死んで以来、笑顔を見せなくなったきづなが笑顔を取り戻したのは、母親代わりになってくれている裕子先生のおかげだ。

そんな恩人とも言える裕子先生を俺は抱いてしまった。罪悪感が俺を責めたてる。

夕べ、俺と妹のきづなは裕子先生と夕食を摂《と》る約束をしていた。

だが、裕子先生は約束の時間を過ぎても現れなかった。

俺ときづなが諦《あきら》めて眠りについた時、酔った先生が俺達の家の前で大声を上げて、くだをまいていたのだ。

学校で何かあったようだが、先生は俺たちには何も話してくれなかった。

先生を寝かしつけた後、俺が自室のベッドでウトウトしていた時だ。先生が俺のベッドに潜りこみ、俺にすがるようにペニスを口で愛撫《あいぶ》してきたのは。

先生は俺の知らないところで悩み、苦しんでいた。

明るくて、面倒見がよくて、ちょっとドジな、人気がある裕子先生。

夕べの先生は強くて優しい女性ではなく、救いを求めるか弱い女性だった。


突然、目覚ましのアラームが鳴り響いて、ベッドの上で十センチも飛び上がる。いつの間にか、いつもの起床時間になっていた。

俺は、意を決して布団の中から飛び出す。

よく体を拭《ふ》いてから、着替えてリビングに降りていく。

……朝になれば全て忘れる……。

体を重ねる前の約束。でも、俺はどんな顔をして裕子先生に会えばいいのだろう。

一歩ずつ階段を踏む膝《ひざ》が震えていた。

「おはよう、正義君。よく眠れたかしら？」

リビングにはいつも通りの裕子先生の笑顔があった。

先生の顔が、まともに見られない。

俺の顔は耳まで真っ赤になっているのが自分でも解る。

「お……おはよう……ござい……ます。あ、あの、えっと、その……」

「正義君……何も言わないで。いいの……ごめんね、迷惑かけちゃって……」

プロローグ

俺のしどろもどろな言葉遣いに先生も、夕べの事を意識したのか、少し頰《ほお》を染める。

「め、迷惑だなんて、そんなっ……俺は……俺は、その……」

先生が顔を赤らめたりするものだから、余計に意識してしまう。

「どうしたの？　お兄ちゃん、なんだか変だよ？」

いつもとあからさまに様子の違う俺の顔をきづなが覗《のぞ》き込んできた。

「顔も赤いし……熱でもあるのかな？」

「大丈夫だから。それより朝食は？」

きづなの掌《てのひら》が俺の額へと伸ばされる気配を感じ、それから逃れるためわざとらしく食卓を覗き込んだ。

「卵リゾットだよ。先生と作ったんだ」

先生と作った。その事が喜ばしい事なのだろう。満面の笑みできづなは答えた。

先生ときづなが作った卵リゾットをかき込んで俺達は学校へ向う。


「おはようございます、裕子先生！　おはよ、きづなちゃん」

校門で髪の毛をライトブラウンに染めた甘いマスクの男子生徒が俺たちに声を掛けてきた。俺の親友で学園一のプレイボーイである滝沢信也《たきざわしんや》だ。

とは言っても、今はプレイボーイという訳ではない。

信也の実家はソープランドを経営している。

そのためか、早熟で経験も豊富、口説きとエッチのテクニックは超一流。

だけど、信也に言わせれば、女の事を知り過ぎてもそれはそれで不幸なのだそうだ。

実際、出会った頃《ころ》の奴《やつ》は自己嫌悪と女性不信の塊で、告白してくる娘《こ》やナンパした娘を
メチャクチャに喰《く》い散らかしていた。

信也はそのうちの女生徒の一人に刺されかけた事がある。

その事が学校や父兄を巻き込んだ事件となり、信也は退学になりかけた。

こいつが今、ここに居るのは裕子先生が庇《かば》ってくれたおかげだという。

裕子先生は、信也を刺そうとした女の子の家に一緒に行って、土下座までしてくれたらしい。

もちろん先生はそんな事は何も言わない。後で信也が泣きながら俺に話した事だ。

「……あれ？　何かあったの？　……なんか、肌が荒れてるような……寝不足？」

信也が先生の顔を覗き込むようにしながら言った。俺は信也の言葉にビクッと体を震わせ、どぎまぎしてしまう。

「滝沢君……やだなぁ、言わないでちょうだい。気にしてるのにぃ……そんな無神経な物言い、滝沢君らしくないぞ？」

プロローグ

「あっ、あのっ、そんなつもりじゃ……」

今度は信也が先生の言葉にどぎまぎした。信也がいくらプレイボーイで女性経験が豊富とは言え、大人の女性である裕子先生にはかなわないようだ。

「おはようございます、綾瀬先生……きづなちゃん、おはよう」

「おはようございます……」

校門で話し込んでいる俺たちの後ろから二つの声が聞こえた。

「きゃっ！　お、おはようございます、しおり先輩！　望《のぞみ》先輩……」

きづなが慌てたように反応する。

佐倉《さくら》しおり。この学園の理事長の一人娘だ。成績優秀、スポーツ万能、人当たりも良く男女共に好かれる。絵にかいたようなアイドル……いや、学園のヒロインと言った方がぴったりくる。

人望も厚く、二年生だと言うのに生徒自治会執行部長を務めているほどだ。

彼女も裕子先生同様に二人暮しの俺達兄妹を気に掛け、よくしてくれている。

その傍らでオドオドとしている眼鏡《めがね》を掛けた少女はしおりの幼馴染《おさななじみ》の伊東《いとう》望。

誰《だれ》とでも別け隔てなく付き合うしおりには、いわゆる取り巻きはいない。ただ、この望だけは特別なようで、いつも一緒にいる。

どちらかというと、放っておけば一日中教室の隅で膝を抱えてうずくまっていそうな望を、しおりが引っ張っているような感じだ。

　華やかなしおりの傍に、いつも落ち着かない様子で今も目を伏せている。

「くすっ……仲がいいのね。でも、校門の前で、騒ぐのはどうかと思うわ。綾瀬先生……注意しなくていいんですか？」

「ん……あっ、そ、そうね、つい楽しくって。私が原因だったし……ほら、もうやめなさい。そろそろ予鈴が鳴るわよ」

　気が付けば、校門は既に生徒でいっぱいで、通り過ぎる生徒が、みんな俺達の方をチラチラ見ては、失笑を漏らして通り過ぎていく。

　俺達は恥ずかしくなって、俯《うつむ》いて服装を正すふりをした。

「綾瀬先生……生徒の事を考えて、良くして下さっているのは判りますけど、あまり親身になりすぎるのも……どうでしょうか？」

　しおりがちょっときつめの物言いで裕子先生に話かけている。

「佐倉さん……私は間違っていないと思うけど？　あなたもきづなちゃんの事は好きでしょ？」

　しおりに対して、裕子先生は笑顔のまま、目元をキュッと細めて、しおりを見据える。

「それとも、正義君やきづなちゃん以外の人の話？　そう……橘《たちばな》さんとか……そこにいる伊東さんとか……」

「どういう意味でしょうか？」

裕子先生は、不自然に貼りつけたような笑顔を崩さない。しおりもじっと裕子先生を見つめている。

「しおり先輩？　先生？　一体、何のお話なんですか？　どうかしたんですか？」

きづなが裕子先生としおりの様子を見てオロオロしている。

この二人って、仲が悪かったのだろうか。少なくとも今までただの一度もそんな素振りを見せたことはなかった。

見つめ合った先生としおりの間から火花が散っているようにさえ見える。

望が俯いたまま、しおりの袖《そで》を遠慮がちに摘んで軽く引っ張った。

「しおり……もう、行こう？　ね？」

「うん……きづなちゃん、変な話してゴメンなさい。私達、もう行くね。じゃあ、また」

しおりは、軽く望の背中を押すようにして、昇降口に向かう。俺達は、ポカンと口を開けたまま、二人を見送った。

裕子先生だけが、ちょっと眉《まゆ》をひそめ表情を曇らせて、しおりの背中をジッと見つめていた。

「裕子先生……どうしたんですか？　しおり先輩……何かあったんでしょうか……」

心配そうな面持ちできづなが先生に尋ねる。

「あ……ううん、何でもないの。きづなちゃんは何も気にしなくていいのよ……」

裕子先生はいつもの優しい笑顔できづなに微笑みかけた。

「橘って……昨日、お昼に先生と一緒にいた娘ですか？」

「そう……無愛想だけど、ちょっと人見知りするだけだから。良かったら、あなた達も声を掛けてあげてね」

俺が、先生を問いただそうと、なんとか口を開いた瞬間、予鈴が鳴った。

「きゃっ！　いけない……遅刻だわ！　急がなくちゃ……ああん、もうっ！」

俺が声を出すより早く、小さく悲鳴を上げて、小走りに駆け出す裕子先生。

「ホントだぁ……じゃ、お兄ちゃん、またね！　ああっ、先生……待ってぇ……」

続いて、きづなが先生の後を追う。俺と信也もそれに続いた。

俺は、先生になんとか追いついて、その横顔をそっと覗き込んだ。何か言わなきゃと思ったけど、何にも思い浮かばない。

「あの子……きっと、助けてみせる……」

先生は、厳しい表情で、まっすぐ前を見て、歯を食いしばりながら、呟いている。

俺は何も言ってはいけないように思われた。

それが、裕子先生と会った最後だった。

……翌朝、裕子先生は遺体で発見された……。

後から聞いた話では、その日の放課後遅くの事だったらしい。

状況から見て、屋上から転落した事は間違いない。ほぼ即死だったと思われる……という事だ。

老朽化し外れたと思われる屋上のフェンスが、近くに一緒に落ちていた事などから、事故死と判断されたらしい。

俺達の気持ちなど関係なく、学園は一週間もすると、平凡な日常を取り戻していった。

第一章　リップスティック

いつもの時間。俺はきづなの部屋に向かう。

「おい、きづな……いい加減に起きろ。そろそろ、行かないと……」

ドアをノックして、声を掛ける。返事は無いけれど、起きている気配はする。

俺はそれだけ確かめると、リビングへ降りた。

朝食の支度をする、といっても、トーストを焼いてコーヒーを淹《い》れるくらいだ。

汚れた食器が積み上げられた流し台。コンビニ弁当や宅配ピザの箱が溢《あふ》れたゴミ箱。

ちょっと口をつけただけで捨てられて、嫌な臭いをさせている食べ物。

裕子先生が死んでから、きづなは台所に立たなくなった。それどころか食事も殆《ほとん》ど摂《と》っていない。

電子レンジでミルクを温めていると、きづなはパジャマのまま、足を引きずるようにして二階から降りて来た。

「きづな……制服に着替えろ」

「お兄ちゃん……あたし、今日、休む」

不貞腐《ふてくさ》れたような顔でそれだけ言って、ソファに倒れ込むと、そのままズルズルと横になろうとする。

裕子先生が死んでから、ずっとこんな調子だ。

「……もう、一週間になるぞ……そろそろ授業に出ないと……」

「イヤだ。行きたくない」

「俺だって、行きたくないよ……俺だって辛《つら》いよっ！　だけど……だけどな……」

思わず声が高くなり、きづなをひっぱたきそうになった手を必死に抑える。俺だってきづなと同じ気持ちだ。

「……このままずっとそうやって過ごすつもりか？　そんなの、裕子先生だって望んじゃいない」

俺は震えた顎《あご》をかみ締《し》めながら、低い声でそれだけ言った。

「それでも……イヤだ」

だけど、きづなは表情も変えずに、ボソリと呟《つぶや》くだけだ。

俺は大きく一つ溜《た》め息をつくと、温め終わったミルクのカップと、トーストの皿を食卓に置く。

「判ったよ。無理にとは言わない……せめて、少しくらい何か食べておけ」

「……いらない……食べたくない……」

きづなは力なく首を左右に振る。

そして、俺の顔をしばらくジッと見てから、ノロノロと食卓に座ると、湯気の立っているカップを両手で持って、きづなは熱いミルクをチビチビと舐《な》め始める。

コリコリとトーストの端っこをかじり始めたのを見て、俺は身支度を整え、家を出た。

校門を入ると信也が声を掛けてきた。

「正義。きづなちゃんは……今日も休みなのか？」

信也に続いて、二人の男子生徒が俺達の方へやって来た。

一人は温厚で、でっぷりとした体型の片倉大介《かたくらだいすけ》。もう一人は大介と対照的に無表情でガリガリに痩《や》せている鮫島洸《さめじまあきら》だ。

洸の自宅はアダルトショップだ。大介は一時期、盗撮にはまっていたことがあり、盗撮したビデオを洸を通じて売りさばいていた。

そのことが学園にバレ、二人は退学になりかけたが、信也同様、この二人も裕子先生に助けられたのだ。それ以来、二人は心を入れ替え、真面目に登校している。

裕子先生が死んでしまう前、俺たちはよく裕子先生を囲んで、校門をくぐる前の少しの時間、立ち話をしたものだ。

「正義君……キミも、顔色が悪いよ……」

大介は心配そうに俺に言った。

「………」

洸も無言で心配そうに俺の顔を覗《のぞ》き込んできた。

「ありがとう。でも、俺の事なら構わないでくれ。きづなの事で頭がいっぱいなんだ」

校門で立ち話をする習慣は、裕子先生がいなくなってからも続いていた。

裕子先生の事が思い出されて辛いけれど、コイツらと話でもしなければ、とても校門をくぐる気力が起きない。

「すまん。俺も、どうしたらいいか判らない……情けないな。女の子の事なら任せとけ、なんて思ってたのに……くそっ」

信也がイラついたように足元の石を蹴《け》る。大介も洸も肩を落としていた。

「でも先生は、どうしてあんな死に方をしたんだ？　屋上に、何しに行ったんだ？　くそっ……訳判んねぇよっ……」

やり場のない怒りに取り憑《つ》かれて、信也は何度も地面を蹴る。砂埃《すなぼこり》を立てて、砂利や砂粒をばら撒《ま》く信也の足元を見ながら、大介が言った。

「いつだったかみたいに、誰《だれ》かと会っていたんじゃないのかな……」

そういえば、そんな事があった。あの時は、たしか昼休みで、変な無口な女子生徒がいて、屋上で話すとか言っていたっけ。

裕子先生は一人で屋上に行った訳じゃない。その時、誰かと一緒にいたのだろうか。

「でも、先生が見つかったのは翌朝……一一〇番も一一九番も無かったんだろう？　誰かいたなら……まさか……」

「…………！」

洸が俺の言葉に片眉《かたまゆ》を上げて、驚いたように俺達の顔を見回す。

「その……一緒にいた誰かが、突き落とした……っていうのか？」

体重を支える膝《ひざ》が動揺する俺を嘲笑《あざわら》うかのようにカクカクと笑い出す。

「もし、誰かが一緒にいたのなら……だよ。突き落とさないにしても、落ちた先生を見殺しにしたんだ……」

「そんなバカな話があるかっ！　裕子先生の事……嫌ったり憎んだりしていた奴《やつ》なんていない……いる筈《はず》がない！」

俺は、思わず大介の胸座《むなぐら》を掴《つか》んでいた。

「落ち着けよ、正義！　もし、誰かが一緒にいたとしたら……って話だろ？」

信也は俺を大介から引き離すように俺の両肩を掴んで言い聞かせるように言った。

「ああ……すまん、大介。俺は……そんな事、考えるだけでも冷静じゃいられない……」

「正義……お前だけじゃない。もし本当に大介の言う通りだとしたら……俺、そいつをブチ殺しちまうかもしれない……」

信也の言葉に全員が顔を伏せて黙り込む。

「おはようございます。どうしたんですか？　朝から、怖い顔して……」

突然、声を掛けられて、背中がゾクリとした。

声を掛けてきたのはしおりと望だった。

物騒な考えは俺達の顔に出ていたのだろうか？　望が萎縮し、しおりの後で小さくなっている。

「ん……おはよう」

俺はしおり達に取り繕う様に挨拶《あいさつ》をする。

「きづなちゃん……今日もお休みなんですか？」

しおりは毎朝、このように俺に声を掛けてきてくれる。心から心配してくれているのは解るのだが毎日繰り返される言葉に、俺は正直、辟易《へきえき》していた。

「ああ……見れば判るだろう！」

「す、すみません……私……あの、そんなつもりじゃ……」

俺の大声に、小さく身をすくめてオロオロするしおり。俺自身、驚いた。俺は何をこんなに憔悴《しょうすい》しているんだろう。

「あ……いや。すまない。俺、イライラしてるみたいだ……もう行くよ」

しおりは、まだ何か言いたそうに口を開いたが辛そうに口をつぐみ、昇降口へ消える俺を上目遣いに見送った。

それから一日中、誰と話をする気にもなれず、俺は独りで過ごした。

授業が全《すべ》て終わり、教室から人影が無くなっても、俺は席についたままジッとしていた。

なんとか気力を奮い立たせて、教室は出たものの、帰る気にならない。

フラフラと歩き回り、俺はいつの間にか校舎裏に来ていた。

放置されて荒れ果てた花壇の、枠組みのコンクリートブロックが、一部砕けてバラバラになっている。

ここは裕子先生の遺体が発見された場所だ。ずっと避けていた。

ここにいるのは、俺と、俺に背を向けて花壇の傍に立っている、小柄な女子生徒だけだ。

俺がいる事にも気付いた様子はない。そんなに夢中になって、何をしているのだろう。

「弓《ゆみ》……橘……弓……か？」

俺はこの小柄な女子生徒……橘弓を知っている。

先生が死んだ日、しおりと先生のやり取りの中に出てきた女子生徒。

彼女には一度だけだが、会ったことがある。

先生が死ぬ前の日だったか、廊下で彼女と裕子先生が話しているのを信也達と目撃していたからだ。

「…………」

思わず声を上げた俺をチラリと見て、ゆっくりと立ち上がる。

「どなたですか？　何の用でしょうか」

弓は、俺の事を覚えていないようだ。

「三年の、根岸正義だ……裕子先生が死ぬ前の日、昼休みに会っただろう？　ほんの少し、話しただけだけど……」

覚えていなくても無理はない。弓がこんな奇妙な娘《こ》じゃなければ、俺だって忘れている。

「……ご用はなんでしょう？」

「いや……別に、何の用って事はないけれど……ここで、何をしていたんだ？」

「別に何も。……用がないのだったら、もう話し掛けないで下さい」

無表情のまま、俺から目を逸《そ》らす。取りつく島もない。視線を落としたまま、ゆっくりと花壇に沿って歩く。

「落し物でも探しているのか？　手伝おうか……」

居たたまれなくなり、なんとか間を持たせようと、思ってもいない事を口にした。

弓は、俺をちょっと睨《にら》むと、そのまま立ち去った。

呼び止めようとしたが小さな背中があきらかに拒んでいる。

俺は、しばらく立ち尽くしていたが先生の死んだ場所に、独り残されている事に気付き、居たたまれなくなって、きづなの待つ家へと足を向けた。

家に着くと、きづなは、朝に着ていたパジャマのまま、リビングのソファで腑抜《ふぬ》けたようにぼんやりしていた。

「……ただいま。遅くなってすまない……きづな、腹は減ってないか？　すぐに食うか」

学校帰りにコンビニで買った弁当の入った袋をチラリと見るときづなは気だるそうに顔を伏せる。

「あ……お兄ちゃん、おかえり……ご飯？　いらない。お腹空いてない……」

「お前……一日中、そうやって座っていたのか？」

テーブルに目をやると朝のトーストが、三分の一くらいかじられたまま皿の上で固くなっている。ゴミ箱に投げ捨てた。

「そういえば……お兄ちゃん……小包が来たよ」

「小包？　誰から？」

「知らない。どうでもいい……」

そういえば、玄関先に見慣れない箱があった事を俺は思い出した。

丁寧に梱包《こんぽう》された小包。差出人の苗字《みょうじ》は、綾瀬。

裕子先生と同じ姓だ。

テープを剥《は》がすのさえもどかしく、引き裂くように箱を開ける。箱の中身は、見覚えのある女物の服と、いくつかの包み。

それから手紙。

「きづな！　コレ……裕子先生の遺品だよ……裕子先生の家族が、送ってくれたんだ」

小包の中身は、裕子先生の遺品の一部だという。

手紙には、生前、家族同様の付き合いをしていた俺たちへ宛《あ》てたお礼と、何を送れば良いか判らなかったため、取り急ぎ先生が最後の日に身につけていたもの、警察から返されたものも含めて送りますとあった。

持ち主のいなくなった、使いかけのコンパクトや万年筆、細々した品物をひとつひとつ小包から取り出していく。

これは、レポートの採点に使ってたマーカー……。

これは、いつだったか間違えて薬指にはめてきて、大騒ぎになった指輪……。

これは、あの朝も覗き込んでいた腕時計……。

取り出していくたびに、先生の姿が、あの笑顔が浮かんできた。

そして、先生はもういないのだという事を思い知らされる。

「うっ……んっ……ぐすっ……先生……先生ぇ……」

堪《こら》えきれなくなったのかきづなが、裕子先生のスカートを抱き締めて、泣きじゃくっている。

震えている小さな肩を抱き寄せて、しゃくりあげている背中に手を当て、柔らかな髪を、そっと撫《な》でてやる。

「きづな……俺はきづなの傍に、ずっといてやる。絶対にだ……それは、信じてくれるな？」

裕子先生のスカートを抱き締めたまま、コクコクと何度も頷《うなず》く。きづなは歯を食いしばり、顎を震わせている。口を開けば、泣き叫んでしまうのだろう。

「きづな、俺は……先生の家族に、お礼の手紙を書くから……ちょっと二階へ行っているから……」

きづなが頷いたのを確かめて、俺は、裕子先生のブラウスを手に取ると、二階へ上がった。

俺は静かにドアを閉める。声が通らないのを確かめると、俺は持ってきた裕子先生のブラウスを抱き締めた。

涙がこぼれてくる。思わず顔をうずめた、先生のブラウスの柔らかな生地は、俺の涙を優しく吸い込んでくれた。

裕子先生の胸に抱かれて泣いているようだ。そう思うと、ますます涙が溢れてくる。

「……先生っ……裕子先生っ……う、う……あ……あああ……」

裕子先生のブラウスを抱き締めたまま、ベッドに倒れ込む。

裕子先生のブラウスを揉《も》みくちゃに抱き締め、涙で濡らしながら、俺はベッドの上を、気が狂ったようにのたうち回った。

俺は何も出来なかった。どうしていいかも、何かするべきだという事さえ判らなかった。

気付いた時には、もう遅かった。

俺が膝を抱え壁際にうずくまっていた時だ。

誰かがドアをノックしている。

膝の上に置いた裕子先生のブラウスから、ゆっくりと顔を上げる。

「お兄ちゃん……いい？」

俺は泣き叫ぶのに疲れて、いつの間にか少しウトウトしていたらしい。

タオルで顔をゴシゴシと拭《ぬぐ》い、ドアを開ける。

「どうした……きづな。もういいのか？」

「うん……少し、落ち着いた。お兄ちゃんは？　もう、手紙書いちゃった？」

目の周りが真っ赤に腫《は》れて、頬《ほお》には幾筋もの涙の跡が残っていた。声も暗くか細いが、どうやら落ち着いているみたいだ。

俺も、そんな顔をしているのだろう。タオルで目の下や額を拭《ふ》くフリをして、顔を隠しながらきづなと話す。

「手紙か……いや、まだだけど」

「じゃあ……これ、ポケットに入ってた物だっていうんだけど……先生のじゃないと思うの。どうすればいいかと思って……」

そう言ってきづなが差し出したのは、リップスティックだった。

そういえば、小さなビニール袋に、ハンカチだの鍵《かぎ》だのがまとめて入れられていた。

ちょっと変わったデザインの、薬用のリップスティックだ。

「先生の物じゃないって……どうして？」

「肌に合わないって言ってたから……薬用なんだけど、キツくって。あたしも使ってみたけど、ヒリヒリしたからすぐ捨てちゃった」

先生の物じゃないとしたら、どうしてそんな物が先生のポケットに？

「うーん……使ってなかったとしても、ポケットに入ってたなら、遺品には違いないんじゃないかな……そんなに神経質になるなよ」

きづなは、ちょっとホッとしたような顔で、俺を見上げている。

多分、きづなにしてみれば、このリップスティックはどうでも良くて、散々泣き詰めて、寂しくなって、何でも良いから、俺に話し掛けるきっかけが欲しかったのだろう。

「そうだね、気にする事ないね……じゃあ、お兄ちゃんにあげる。無色無臭だから、男の人も使えるよ」

「おいおい、どうしろっていうんだ」

戸惑う俺を見てきづなは、ようやく微笑《ほほえ》んだ。

きづなが寝静まった後。裕子先生の家族への礼状を書くのに、一通り見ておいたほうが良いかと思い、俺は、改めて送られてきた遺品をチェックした。

きちんと整理するのは、きづなに任せた方が良いかもしれない。何と言っても女性の持ち物だ。

じっくりと見ていたら、また涙が溢れそうになる。手早く、細々した物と、衣類などの大きな物を分けていく。

一冊の何の変哲もない手帳が目に付いた。

自分でもなぜこんなものに目が止まったのかよく判らない。

何気なく、パラパラとめくってみる。

最後の方のページに、奇妙なリストがあった。

『須藤菜美《すどうなみ》、伊東望、一条冴枝《いちじょうさえ》、佐倉しおり、凪原光《なぎはらひかる》、橘弓、園城寺清香《えんじょうじきよか》』

何度も書いたり消したりした跡がある。そのページだけボロボロだ。

裕子先生が、悩み、苦しみ考え込んでいた様子が、ありありと目に浮かぶ。

しおりや望の名前があるところを見ると、どうやら、学園の女子生徒のリストの様だ。

俺は、その名前を別の紙に書き写す。

先生が相談に乗っていた女子のリストなんだろうか。

死ぬ前、先生が屋上で誰かと会っていたとしたら、リストの中にいる可能性が高い。

背中に冷たいものが走った。ゾクゾクする。この中に、裕子先生を見殺しにした奴が
……ひょっとしたら、殺した奴が……。

そんな仮定に過ぎない、恐ろしい考えが俺を支配していく。何度も何度も頭で否定した。

だが、俺の結論は……。

……試してみる価値はある……。

俺は、リストの写しを握り締めて、部屋へと戻る。

無駄なら無駄で構わない。けれど、何かしなくちゃ気が収まらない。それはあいつらも
同じだろう。

俺は信也、洸、大介にメールを出した。

翌朝。リビングへ降りていくと、制服姿のきづなが朝食の支度をしていた。
コーヒーの香ばしい薫《かお》りと、ミルクの甘い匂《にお》い。それに、あんなに汚れていた台所が、
綺麗《きれい》に片付けられていた。

「おはよう、お兄ちゃん」

きづなはシャワーでも浴びたのか、かすかに石鹸《せっけん》の匂いをさせている。

「お兄ちゃん……ごめんね、心配かけて……もう、大丈夫だから」

そう言って、ペロッと舌を出して、明るく笑う。昨日までの、打ちひしがれていた様子が嘘《うそ》みたいだ。

「ああ……でも、無理はするんじゃないぞ？」

「無理なんかしていないよ。昨日、小包が届いたのは……先生があたしの事、見ていてくれたからだよ。今だってきっと……」

ちょっと寂しそうに顔を伏せるが、すぐに笑顔になった。

「コレ……昨夜、お前が見つけたリップスティックなんだけどな……誰か、使っている奴いるのか？」

「え？　ううん、ほとんどいない……と思う。よっぽど、オシャレとかに興味がない子ならともかく……でも、なんで？」

「いや、特に理由は無いんだけど。裕子先生の物じゃなければ、誰かのを拾ったか、誰かから貰《もら》ったのかと思って」

遺品のポケットに入っていた、先生の持ち物ではないリップスティック。

今、俺の手元にある手がかりは、手帳のリストとこのリップスティックだけだ。

「もし、そういう娘がいるなら……その娘に渡したほうがいいのかも、なんて。ちょっと思ったもんだからな……」

我ながら白々しい。

「うん……じゃあ、ちょっと友達に訊《き》いてみる。そんな子がいるなら、その子もきっと先生の事、好きだっただろうし」

苺《いちご》ジャムを山盛りにしたトーストにかぶりつくきづなを見ながら、俺はいつもより苦く感じるコーヒーを飲み干した。


「で、こんな朝っぱらからこんな所に俺達を呼び出して、一体何の話だ？」

信也、大介、洸の三人は、いつもの様に校門で待っていた。いつもと違うのは、昨夜メールで、話したい事があると告げてあった事だ。

俺は三人を半ば引きずるようにしてこの部屋に連れて来た。

大介と洸の所属する、写真部の部室。フィルムを現像する設備はもちろん、デジカメの映像を編集するためのパソコンまである。

暗室としても使えるよう、窓が暗幕で塞《ふさ》がれているので、俺達がここにいる事は誰にも判らない。

もっとも、それをいい事に、大介と洸が盗撮なんかして騒ぎになったものだから、今では写真部の部員はこの二人だけだ。

「昨日、話したよな……先生が死んだ時の事、ハッキリさせたいって」

「うん、覚えてる……誰か一緒にいたのかな、って話してたよね」

大介が俺の言葉にうなずいた。

「その……一緒にいたのかも知れない奴等の、名前のリストがあったんだ……」

「な……なんだって？　それは一体……」

俺は、順を追って三人に説明した。昨日、裕子先生の遺品が届いた事。その遺品の中に、生徒の名前のリストがあった事。

書き写してきた名前のリストを、信也達三人に見せる。

三人は、じっと顔を伏せたまま、何も言おうとはしない。

「多分、何にも出てこないだろう。そうなれば、事故だったって諦《あきら》められる。違うか？」

「コイツらが、本当に何にもしていなければな。もしも、何か出てきたら、どうする？」

信也が顔を上げる。背筋が寒くなるような表情。声が震えている。

「やるか？」

温厚な大介も、無表情な洸も覚悟はしているようだった。

「……ああ。やる……やるしかない……」

そして、信也がゆっくりと言い放った。

リストの七人の中で俺たちが知っているのは、佐倉しおり、伊東望、そして橘弓だ。

他の四人は顔さえ知らない。俺たちは橘弓から調査することにした。

午前中の授業を受け、昼休みになってから、俺はリストの中の知らない女子生徒について、名簿を調べてみるため、生徒自治会の執行部室に向かった。

「あら、根岸先輩。今朝はどうしたんですか？　せっかく元気になったきづなちゃんを独りにして」

執行部室では、しおりが書類の整理をしていた。望がそれを手伝っている。

「何の用でしょうか？」

望は、抱えていたファイルを置くと、ちょっと警戒したように長机の向こう側から、固い表情で声を掛けてくる。

「うん……ちょっと、生徒名簿を見せてもらおうと思って。構わないだろ？」

「どうしてそんな物を？　ちゃんとした理由がないのでしたら、見せる訳にはいきません」

普段おっとりしている望が、精いっぱいといった感じで低く呟く。

「望……いいのよ、根岸先輩なら信用出来るわ。望も、根岸先輩の事は知ってるでしょ？悪用なんかしないわよ」

良心が痛む。リストにあった女子生徒のプライバシーに踏み込んで、場合によっては、彼女達を……。

「名簿、見せてもらっていいよね？　出来れば、メモも取りたいんだけど……」

「はい。良かったら、コレ使って」

しおりが、メモ用紙に、ボールペンと下敷き代わりのボール紙を添えてくれた。


放課後、俺は学園内をフラフラと歩き回っていた。

昼休みに見せてもらった名簿の女生徒を調べるためだ。

途中、信也の姿を見かけた。下級生の女子のグループと雑談している。

さわやかな笑顔と巧《たく》みな話術。頬を赤らめて、大はしゃぎする下級生の女子達。

信也は俺に気付いて、軽く目で頷いて見せた。俺は、小さく片手を上げて頷き返す。

情報収集は上手《うま》くいっているらしい。

この分なら、大介も、洸も、それぞれのやり方で情報を集めているに違いない。

信也の邪魔にならないよう、女の子達に気付かれないうちに早々にその場を離れ名簿の写しを片手に裕子先生のリストに名前があった女生徒を当たる。

名簿によると一条冴枝と凪原光はどちらも水泳部に属しているようだ。

一条冴枝は二年生で、すでに大会で上位入賞を果たしている、水泳部のエースらしい。

それに対して一年生の凪原光は驚いたことにカナヅチで、水泳部への入部は特例として認められたとの事だ。

冴枝は泳げない光にべったりと面倒を見ていると言う話だ。

続いて、園城寺清香だが、上品な顔立ちにロングストレートの髪、切れ長の瞳《ひとみ》は少しキツメの印象を受ける、可愛《かわい》らしさの目立つしおりとは正反対の美少女だった。

たしか、清香の家は、資産こそそれほどではないものの、相当に古い家柄らしい。

典型的な良家のお嬢様だけあって、男子生徒の取り巻きの数が凄《すご》い。

その取り巻きの中に一人の女生徒がいた。

それが須藤菜美。短めの髪を頭の横で二つ括《くく》りにしている、目元がパッチリとした元気を絵にかいたような生徒だ。

一通り、リストにあった女子生徒の顔を覚えることができた俺は家に帰る。


夜、俺はきづなの部屋でパジャマ姿のきづなと話をしていた。

ベッドに座ったきづなは、落ち込んで何も出来なかった時間を取り戻すかの様に、クラスの友人の話、先生の話、しおりの話を笑いながら喋《しゃべ》り続けた。

きづなが笑うたびに俺は嬉《うれ》しくて目頭が熱くなった。

まだ、先生を失った痛みは消えていないのは判っている。それでもこうして笑ってくれる事が幸せに感じられる。それが、きづなの強がりであったとしてもだ。

「あ！　お兄ちゃん、そういえば、例のリップスティックの話なんだけど……」

話が終わり、俺がきづなの部屋を出ようとしたときだ。思い出したようにきづなは口を開いた。

「アレ使ってるの、弓ちゃんくらいだって」

俺はギョッとした。橘弓……まさかこんなところで繋《つな》がるとは思っていなかった。

「それとね……あの……あのね、お兄ちゃん」

話そうかどうしようか迷って、きづなは再び口を開く。

「噂《うわさ》になってるって程じゃないんだけど、弓ちゃんの事、誰かが調べてるみたいだって話」

きづなが言っているのはおそらく、信也や大介達のことだろう。

一斉に一人を調べることは、目立つようだ。

もう少し慎重に調査をしたほうがよさそうだな。


今朝も、俺、信也、大介、洸の四人は写真部室に集まった。

俺達が橘弓を調査していることが噂になりつつあることを信也達に簡潔に話し、今後は各自別々にリストにある女生徒を調べることにした。

「それで、昨日頼んだ弓の調査の結果なんだが……どうだった？」

俺は一人一人の目を見る。だが、信也も大介も洸も首を横にふった。

誰もめぼしい情報を得ることが出来なかったのだ。

「そういえば……」

信也が何か思い出したように口を開いた。

「死ぬ前には、ほとんど毎日、それも昼休み毎《ごと》、放課後毎に先生と会っていたって話だ」

「……死んだ日もか？」

「その前、一週間以上、先生は昼休みも放課後も弓に会っている。その日だけ違うとは考えられないね」

大介が口を挟んだ。俺はポケットから震える手でリップスティックをとりだす。

「裕子先生の家族が、きづなと俺に、遺品の一部を分けてくれたんだ……その中に混じっていた。死んだ時に持っていた物だそうだ……でも、きづなの話じゃ、裕子先生の使っていた物じゃないらしい」

胸が高鳴る。信也の言葉に俺の予想は確信に変わっていたからだ。

「それどころか、この学園の女子には不人気で、ほとんど使っている奴はいないって話だ。ただ一人を除いて……」

芝居がかったのは趣味じゃないが、ちょっと言葉を切って、深呼吸する。

「弓だ」

ザワッ……と、空気が揺れた。

「え……それって、どういう事？　裕子先生が死んだ時に一緒にいたってこと？」

大介が目を白黒させている。

「そうは言い切れないけど……話を訊いてみる必要はあるかもしれない……」

俺は三人にそう言い残して予鈴と共に部室を去った。


色々な考えがまとまらないまま、頭の中でグルグルと渦を巻いて、午前の授業はあっと言う間に過ぎてしまった。

俺は、ブラブラと人気のない校舎裏へと足を向ける。

裕子先生が死んだ校舎裏の花束の置かれた辺りに視線を落としている女生徒がいた。

橘弓だ。

「……また会ったね。何してるの？」

俺は弓に掴みかかりそうになるのを堪えて、無理な作り笑いで話し掛ける。

「……落し物を探してるだけです」

弓は、一瞬、ビクッとして俺を見つめたが、すぐに顔を背けて、目を伏せた。

「探してるのは……コレ？」

徐にポケットのリップスティックを弓の目の前に差し出した。

「……そう。それ。ありがとうございました」

弓は俺の顔をチラリと見ると、ニコリともせずに、それを受け取り、立ち去ろうとした。

「待てよ！」

俺は叫び、弓の細い腕を掴む。骨と皮だけのようなか細い腕だ。

弓は眉をしかめる事すらせずに、俺の方に向き直った。腕を振り払おうともしない。

「何ですか？　もう用は済みましたけど」

「そのリップスティックは、裕子先生の遺品の中にあった物だ」

「そうなんですか。それがどうかしましたか？」

しらっとした弓の態度に頭に血が上っていくのが自分でもわかる。

「お前は、一体いつどこで、どうしてそのリップスティックを落としたんだ！」

俺に両肩を掴まれ、力任せに揺さぶられても、弓はちょっと迷惑そうに顔を背けるだけだ。

「裕子先生は死んだんだぞ？　屋上からそのリップスティックが落ちてたこの場所に落ちて死んだんだ！」

弓は無言のまま、迷惑そうに顔を背けているだけだ。

「何とか言えよ！」

「……話す事、ありませんから」

「嘘だっ！」

俺は弓の態度が我慢ならなくなり。乱暴に突き飛ばした。弓の体は、信じられないくらい軽々と校舎の壁に叩《たた》きつけられた。

ゴツンと小さな音がしたが、弓はちょっと顔をしかめただけだ。

俺はそのまま、再び弓の制服の胸座を掴んで、上からのし掛かるように壁に押さえつけ、締め上げる。

「なんで何も言わないんだ……何とか言えよ！　何も言わないなら……」

「言わないなら、どうするんですか」

弓は、何も言わず人形の様な表情を崩さない。冷たく見透かすような目で、自分にのし掛かっている俺を見上げている。

「俺は、逆上してる……何するか判らないぞ」

「してもいいですよ。私はなんとも思いませんから」

弓は、かすかに目を細め、唇をキュッと引きつらせた。それが、まるで俺をせせら笑っているように思え、カッと頭に血が上った。こめかみがズキズキ鳴って、めまいがする。

「判ったよ！　お前がそのつもりだったら……ああ、やってやる！　やってやるさ！」

俺は開き直ったように乱暴に弓のネクタイを引き抜く。

制服のブレザーの襟《えり》を掴み、左右に広げて、勢い良く引きずり下ろした。

そして、突き出されたシャツの胸元に手を掛ける。

一瞬、きづなの、そして裕子先生の、咎《とが》めるような顔が脳裏に浮かぶ。

「た……助けを呼びたかったら、呼んでもいいんだぞ……悲鳴を上げたかったら、上げても……」

弓は、口をつぐんだまま、声を出そうとする素振りさえ見せず、人形のような顔で、俺を見つめていた。

そんな弓の態度に俺の中に残っていた最後の良心は粉々に砕け散った。

弓のシャツに手を掛け、左右に開く。ボタンが音を立てて弾《はじ》け飛び、少年のように平たい胸を被《おお》う薄い藤色をしたブラジャーが俺の目の前にさらされた。

俺が乱暴にシャツを左右に開いたせいか、ブラジャーのサイズがあっていないのか、弓の左の乳房がカップからこぼれ、薄紅色の乳首が露になってしまっている。

俺は、その小さな乳房を鷲掴《わしづか》みにした。俺の掌《てのひら》の中に、スッポリと隠れてしまう。

「何で黙ってるんだ……何か言えよっ！　言ってくれよ……」

何度も手を離そうとする。きづなや裕子先生の顔を思い起こし、理性を保とう、良心を取り戻そうとする。

「言った筈です……なんとも思わないって。面倒ですから……早く済ませて下さい」

弓の言葉に乳房を掴んだ手に力がこもる。冷たい肌に、爪《つめ》が食い込んでいく。

「ち……畜生っ！　お前が……お前が悪いんだぞっ……お前がっ！」

俺はもう後戻りできない。俺はただのケダモノだ。

乳房を搾り出すように握り締め、固く張って尖《とが》った乳首を指の間で捻《ひね》り潰《つぶ》す。

もう一方の手を、スカートの中に乱暴に突き入れて、ショーツの上から、股間《こかん》のコリコリした膨らみを乱暴に掴み、握り締めた。

指を突き立て、ショーツの生地に食い込ませ、弓の小さな亀裂《きれつ》の有り様をクッキリと浮き上がらせた。

ショーツ越しに、ヒダのかすかな盛り上がり、小さな突起の固さを探り当て、そのまま、ショーツの生地ごと爪の先で摘み上げ、指の間で捏《こ》ね回し、押し潰す。

「……ん……くっ……」

弓はわずかに息を詰まらせて、内股《うちまた》の滑らかな肉を時折強張《こわば》らせるだけだ。

指の付け根で、小さなヴァギナを腹の方へ引き裂くように、クリトリスを押し潰す。

弓のヴァギナは小さく、固く、乾いていて、冷たい。しかし、処女ではないようだ。

「なんだ……全然興味がありませんって顔しといて、処女じゃないじゃないか！　一体、

どんな顔して抱かれたんだ？」

「どうでもいい事です……好きなように考えて下さい」

まるで犯《や》って試してみろと言っているようだ。

校舎の壁に弓の小さな体を押しつけたまま、片足を持ち上げショーツをむしり取る。引き裂くように勢い良くズボンのファスナーを下ろした。

上を向いて反り返ったペニスの尖った先端を弓の殆ど濡れていない小さなヴァギナに押し当て、そのまま、一気に根元まで突き刺した。

「くう！　くはっ……はあああっ……うっ、ううう っ……ん、んっ……」

一瞬、小柄な弓の体が浮き上がる。すすけた校舎の壁に、頭を打ちつけて、背中を反り返らせる。

ろくに濡れていない粘膜同士の擦《こす》れ合う、引き剥《ひさ》かれるような激痛。

弓が、カリカリと歯を食いしばり、キュッと小さな眉をひそめた。

生皮を剥がれたような痛みに俺のペニスもズキズキと脈打っている。

「う……う……うっ……んっ……」

弓の体は、俺の腕の中で固く強張ったまま、フワリと逆立った髪の毛の先まで、苦痛でブルブルと小刻みに震わせていた。

「痛いんだろう？　苦しいんだろう？　俺が憎いだろう！　言えよ！　何とか言えよっ」

「く……くっ……何も……言う事なんか……ない……」

弓は苦しそうに悶《もだ》えながら、未《いま》だ「痛い」の一言さえ言わない。

「く、くそっ！　畜生っ……畜生っ……」

俺は、半ばやけくそで、力任せに腰を突き上げる。生皮を剥《む》かれたペニスが、更に擦り立てられるような激痛。

しかし、弓の苦痛は俺以上だろう。それでも弓は俺に抵抗するどころか、悲鳴さえ上げようとはしなかった。

まるで、人形を犯しているような感覚だ。

「なぜ悲鳴を上げない？　やめろとか、助けてとか、言ってみろよっ！」

俺は弓が人形ではなく、人であることを確認するように叫びながら、ペニスを突き上げる。

それでも弓は黙って犯されている。

俺に揺さぶられるままに体を跳ね上げ、肉を揉みしだかれ、肌と粘膜を抉《えぐ》られる。

「判ってるのかよっ！　お前は犯されているんだぞ？　オマ○コにチ○ポ突っ込まれて、かき回されているんだぞ？」

「判ってる……う、ううう、くっ……当たり前だわ。判ってて、言ってるっ……あ、あうっ……ううう！」

痛いぐらいの粘膜摩擦の中、俺のペニスはドンドン熱くなっていく。

「くそっ……出しちまう、出しちまうぞっ！　弓っ！　お前の中に、精液、ぶち込んじまうぞっ……」

今にもぶちまけられそうになっていることは、弓にも判る筈だ。しかし、弓は何も言おうとしない。

「構わない……好きにして下さい」

熱い塊が、ペニスの内側をしごきながら迫りあがってくる。

「くっ……ち、畜生おおおっ！」

どくんっ……どくっ……びゅっ……びゅくっ……。

俺は叫びながら弓の膣内に、射精した。

快感なんかなかった。ただ、罪悪感の塊をぶちまけているような感じだ。

最後の一滴まで、弓の中に搾り出すと、俺の全身から力が抜けていく。

ヌルリと弓からペニスを引き抜き、その場に崩れ落ちるように膝をついた。

「はあ……はああっ……あ、ああ……はあ……はあ……あ……ふ……」

弓もコンクリートの地面にペタリと尻餅《しりもち》をついて、ボンヤリと自分の股間を眺めている。

ポッカリと開いたままの穴から、ドロドロと、俺の注ぎ込んだ精液を垂れ流していた。

「ゆ……弓っ……俺は……俺は……なんて事を……」

射精し、冷静さを取り戻した今の俺は罪悪感そのものだ。

「なんとも思わないと言った筈。私は……本当に構わないから」

俺の精液で汚れた粘膜の穴を隠そうともせず、弓はボソリと呟く。

自分が汚し、傷つけた弓の股間から目が離せない。自分のした事に、反吐《へど》がでそうだ。

「なぜ俺を止めなかった！　なぜ抵抗しなかった？　どうして、こんな……ケダモノみたいな俺に、されるがまま……」

「そんな理由は無かったから」

弓は何事もなかったかのように答えた。

「そんな理由が必要なのかよっ！　畜生っ……犯されても構わない理由があるかよっ！」

なんとも言い様のない苛立《いらだ》ちが、俺に声を荒げさせた。

「根岸先輩には、関係のない事です」

弓はドロドロに汚れた股間と、そこに粘りつく精液の塊を呆《ほう》けたように指先で弄《もてあそ》びながら、冷たく俺を見上げるだけだ。

「くっ……くそっ……」

後悔だけが俺を支配していく。

俺は、ジッとしていられなくなって、負け犬のようにその場から逃げ出すしかなかった。

第二章　誤解

午後の授業は、完全に上の空だった。

教科書とノートを形ばかり広げて、なんとか日常に逃げ込もうとする。

弓が本当に裕子先生が死んだ時に一緒にいたかどうかも確かめず、挑発に乗って、俺は弓を強姦《ごうかん》してしまった。

……挑発した弓が悪いんだ……。

必死に自己弁護をするが、後悔と罪悪感が俺の胸を鷲掴《わしづか》みにする。

自己弁護と自己嫌悪の繰り返しだ。

弓に会わなくては。もう一度会って、どういうつもりであんな態度を取ったのか、確かめなくては。

そう思った時、授業を終えるチャイムがなった。

椅子《いす》から体を引《ひ》き剥《は》がすように立ち上がり、廊下に出る。

弓の姿を捜し、校舎裏へ足を向けた。

西日に焼けるすすけたコンクリートの臭いと、すえたような土埃《つちぼこり》の臭いがかすかにしている。

やや冷たくなった、夕暮れの風が吹き抜ける。

校舎裏には誰《だれ》もいない。

しばらくボンヤリと立ち尽くしていたが弓が現れる気配はなかった。

俺は踵《きびす》を返し、帰宅するために昇降口へ向かう。

「あ……根岸先輩……」

保健室の前を差し掛かったとき、望の声が俺を呼び止めた。

望は丁度、保健室に入るところだったようだ。

「体の具合でも悪いんですか。顔色、随分と酷《ひど》いようですけど」

望は俺が保健室に行こうとしていたのだと勘違いをしているようだ。

「別に……体はどこも悪くない。それより……弓を見なかったか？」

俺の声は震えていたかもしれない。目は焦りに血走っていたかもしれない。

普通じゃない俺の様子に、望は少し後ずさりして、警戒するように自分の胸を抱き締《だ》《し》め、
俺を上目遣いに睨《にら》みつける。

「根岸先輩……弓ちゃんの事、調べて回っていたって本当ですか？」

「……ああ、その通りだ。あいつも、裕子先生とよく話していたみたいだから……」

口ごもりながらも、何とか答える。背中に嫌な感じの汗が、流れ落ちているのが判る。

「それだけですか？　とてもそうは見えませんけど……それに、綾瀬先生と親しくしていたのは、弓ちゃんだけじゃない……」

望にやましい心を完全に見透かされている。そんな気がしてならない。

「……何を隠しているんですか」

眼鏡《めがね》を光らせ、低く呟《つぶや》くように言う。まるで尋問されているような気分だ。

「ああ……弓は……弓は、裕子先生が死ぬ前、ずっと一緒だったんじゃないかと……」

「根岸先輩……何を考えてるんです……？　綾瀬先生は……事故だったんでしょう？　弓ちゃんが、何か関係があるって思っているんですか？」

俺はそれをきっちりと確かめずに弓にあんなことを……。

「ひょっとしたら、裕子先生が死んだ時も、一緒にいたんじゃないかって……何か知っているんじゃないかって……」

望が、俺から目を逸《そ》らし、しばらく、何か考え込むように黙り込んで、やがて顔を上げると、ぶっきらぼうに言い放った。

「先生が死んだ日……あの日も、弓ちゃんは私と一緒にここにいました」

裕子先生が死んだ時、弓がここにいたとしたら、裕子先生の死に、弓は関係ないことになる。弓は無実……なの……か？

「そんな……じゃあ、俺は……俺のした事は……」

「し、したって……弓ちゃんにですか？　何をしたって言うんですか……根岸先輩！」

望が叫ぶ。その甲高い声が耳の奥にガンガン響いて、俺は頭を抱えて低くうめいた。

「根岸先輩っ！　弓ちゃんに何をしたんですかっ……」

望は一歩、俺に向かって足を進ませ、眼鏡の奥のつぶらな瞳《ひとみ》を凝らして俺を睨む。

「別に、大したことじゃない」

突然、弓の声がして、保健室の内側からドアがあいた。

顔を上げた俺を、何の感情も感じられない冷たい目で見上げている。

「弓……俺は……」

「大した事じゃない……別に、構わない。なんとも思わないって……言った筈《はず》です」

弓は俺を一瞥《いちべつ》すると、何事もなかったように俺と望の脇《わき》をすり抜けて去っていった。


今の俺は事件の事で頭がいっぱいだった。

裕子先生。

自分がいくら傷ついても、困っている人を見過ごせない裕子先生。

きづなの憧《あこが》れだった裕子先生。

このまま真相も判らず、うやむやにする訳にはいかないんだ。

弓があんな態度を取っていたからって、俺のした事はとても許されるもんじゃない。

いくら弓が『どうでもいい』と言っても、俺はもう、後には退《ひ》けないんだ。

真実を突き止めることが、せめてもの弓への償いになるのかもしれない。

……勝手な理屈だって事は判ってる。

もちろんそれで俺のした事が許される訳じゃない、それは判っている。

そんなことばかり考えながら、俺は部屋に閉じこもって週末を過ごした。


朝……また、一週間が始まる。

俺は校門で『用がある』ときづなに言い残し、一人で写真部室へと向かった。

先週、間違って弓を制裁してしまった以上、なんとしても裕子先生の事件の真相を暴かなければならない。

「おっす！　正義」

部室のドアを開けると、信也が明るい声で、軽く手を上げて挨拶《あいさつ》してきた。

その傍らに大介と洸もいる。

「皆……悪いな……俺のために朝っぱらから集まってもらって」

「気にしないで。僕達だって好きで協力してるんだから。それより、正義君。とんでもないものが撮れちゃったよ」

大介は興奮しているようだ。震える手で、カバンからビデオカメラを取り出した。

早速、調査の成果が出たようだ。

「一年の須藤菜美ちゃんなんだけど……清香の取り巻きの男どもに、ボイラー室に来るように言ってたから、先回りしてビデオを仕掛けてみたんだ……」

ビデオカメラをＵＳＢケーブルで部室のパソコンに接続する。

「見て驚かないでよ……」

大介はそう言うとビデオカメラの再生ボタンを押した。

パソコンのモニターに、薄暗いコンクリートの部屋の中で、小柄な女の子が、何人もの男達に囲まれて、犯されている姿が映し出された。

小柄な女の子は須藤菜美だ。

一瞬、凄惨《せいさん》な輪姦現場と思ったが、どうも様子が違う。

騎上位でヴァギナにペニスを挿入された菜美は、幼い胸を揉《も》みしだかれながら、アヌスも貫かれ、左右に立った男のモノを両手でしごき、前に立った男の股間《こかん》に頬擦《ほおず》りしながら、笑っている。

「もっと、突いてぇ……菜美のオマ○コ、思いっきり突いてぇ……」

菜美は、子供の様にきめの細かい肌を、ヌメヌメと汗で光らせながら、細い腰を艶《なま》めかしくくねらせ、左右にひねって、ヴァギナとアヌスに突き挿《つ》れられたペニスを絞る。

「あ、あっ……菜美ちゃん……そんなにしたら、すぐに出ちまうよ……」

下から菜美を貫いていた男が、情けない声を上げ、グリグリ動く菜美の細い腰を握り締め、押さえ込もうとした。

片手でペニスをしごかれていた男が、イライラした声を上げてその男を蹴《け》り飛ばす。

「ケチってないで、さっさとイけばいいじゃねえか！　後がつかえてんだよ……」

「うあ……俺、俺っ……もう、イキそうだ……動くよっ、菜美ちゃん！」

菜美の幼い胸を揉みしだきながら、アヌスに挿入していた男が、声を上ずらせ、ラストスパートの様に激しく腰を突き出し、責め始める。

菜美の尻が、引っぱたかれているようにバチンバチンと音を立てて、腰が、ヴァギナを犯している男の下腹に押しつけられる。

「うあっ……じゃ、俺も……そろそろ……イクとするか……んっ、ふっ……」

下から菜美を貫いていた男も、それに合わせて腰を激しく突き上げ始める。菜美の、子供の様に平べったい下腹が、膣内《ちつない》で暴れるペニスに押し出され、盛り上がる。

「きゃううぅんっ！　菜美のオマ○コとお尻の穴が、チ○ポで膨れ上がって、お腹の中で擦れあってるぅ！　スゴイよおうっ！」

「菜美ちゃんも、すごいよぉ……ギリギリ締めつけてきやがる……そら、イク、イクぞっ！　菜美ちゃんの一番奥にイクぞ！」

下から貫いていた男が、菜美の腰骨を両手でがっしりと掴み、根元まで埋め込んだまま、ガツガツと恥骨のぶつかる音がするほど激しく、菜美の奥を突き上げる。

「んっ……俺も、イクよ、菜美ちゃんのお腹の中に、ぶちまけてやる……く、イクッ……

うおおっ！」

アヌスを犯していた男は、菜美の胸を更にきつく握り締め、押さえ込んで、ガクガクと腰を震わせ始めた。

「出してっ、出してぇ！　うぅ、菜美のお腹の中にぃ、セーエキ、いっぱい出してぇ……菜美の奥に、熱いセーエキぶちまけてぇっ！」

菜美は、叫びながら、二つの穴を貫いている男の下腹に、メチャクチャに腰を打ちつける。

「ほら、出てる……出てるよ……菜美ちゃんのオマ○コに、俺のセーエキ出てるよ……」

前後から菜美の体にしがみついた男達が、ビクッ、ビクッと腰を跳ね上げた。

菜美は、それに合わせるように、背中を大きく反り返らせ、全身を強張《こわば》らせて、ビクッ、ビクッと痙攣《けいれん》する。

「菜美のオマ○コの奥にぃ、お尻の奥にぃ、チ○ポの先、グリグリ食い込んでるぅ……セーエキ、ブチュブチュ噴き出してるぅ！」

大きく開いた口から、涎《よだれ》を垂れ流し、卑猥《ひわい》な言葉を喚《わめ》き散らしながら、菜美は狂ったように身悶《みもだ》えた。

「菜美のオマ○コとお尻の中で、チ○ポがドックンドックン動いてるよぉ！　ああ、菜美も、菜美もイクぅ！　イッちゃううっ！」

菜美は目一杯の声で鳴くと、半ば白目をむいた虚《うつ》ろな目で、天井を見上げたまま、金魚の様に口をパクパクさせた。

菜美のその姿は、強い快楽のせいで気が狂ったように見える。

少し間を置いて、菜美は気を取り直したようにして、大きく一つ深呼吸し、前屈《まえかが》みになり腰を浮かせた。

「はふうっ……次ぃ、早く挿れてぇ！　オマ〇コ、イッたばっかで敏感になってるトコにい……早くぅ！　覚めちゃうよぉ！」

「はいはい……ほら、どけ。交代だよ……ホント、好きだよなぁ……菜美ちゃんは……」

今まで前後から菜美を貫いていた二人は、左右で菜美にペニスをしごかれていた二人に急《せ》かされて、ドロドロに汚れたモノをヌルリと引き抜き、場所を譲る。

ビデオの乱交はエンドレスに続いた。

ビデオの中の菜美は、全身を男達の精液でドロドロにさせ、何度も何度も性器やアヌスで男達のペニスをくわえ込み、口で、手で男達のペニスを扱《しご》き上げ、絶頂に達している。

「……なんだ？　これは……」

俺は見ていて気分が悪くなった。菜美も菜美なら男達も男達だ。

「見ての通り……乱交パーティーだよ」

「やれやれ……いくら何でも趣味が悪い……もっとスタイリッシュに出来ないもんかな」

信也があきれ果てたように言った。隣で洸も溜《た》め息をついている。

俺は気を取り直し、三人に誰を調査するか指示をして、予鈴が鳴る前に教室へ向かった。


昼休み。朝に見た菜美の乱交を思い出すと食欲が出ないながらも、弁当をぶら下げ、俺は屋上に向かっていた。

裕子先生が死んでからというもの、俺達はなんとはなしに立入禁止を無視して、屋上で昼食をとっている。

「あ、根岸先輩っ！」

ぼーっと廊下を歩いていると一人の少女が俺を呼び止めた。佐倉しおりだ。

「あの……お願いしたい事があるんですけど……」

「お願い？　俺に？　きづなが何かドジでも踏んだかな？」

しおりが俺に頼みがあるとすれば、多分きづな絡みの事しかないだろう。

「あ、いいえ。きづなちゃんの事じゃなくて、執行部の事です。本来、根岸先輩には関係のないことで、申し訳ないんですが……」

しおりが言うには、今度の日曜日、生徒自治会執行部宛《あ》てに荷物が届くのだが、男手が野球部の大会の応援で出払ってしまうらしい。

「荷物を運ぶのを手伝って欲しい、って訳か」

「はい……きづなちゃんも執行部の仕事を手伝ってくれているのに、根岸先輩にまでお願いするのは気が引けるんですけど」

申し訳なさそうにしおりはやや上目遣いで俺をじっと見つめてくる。

今度の日曜日、別に都合が悪いという訳ではない。

「お願いします。根岸先輩以外の男の人には、なんだか頼みづらくて。私……根岸先輩しか、こんなこと……」

「そうか？　そこら辺の男子だって、頼めば引き受けてくれるんじゃないか？」

「だけど、他の人だと誤解されそうで……噂《うわさ》とかになったら、恥ずかしいから……」

なるほど。確かに他の奴《やつ》に頼めば、そいつは周りに『しおりの手伝いをした』と吹聴して回ることだろう。

そうすれば、学園一のアイドルであるしおりの噂はあっという間に広がることは、火を見るよりも明らかだ。

「じゃあ、なんで俺に声を掛けたんだ？　俺でも同じことだろう？」

「根岸先輩だったら信用出来るし……噂になっても……」

俺の気のせいだろうか？　しおりが頬を赤らめているように見える。

「う、う、うん……わ、判ったよ……よろ……喜んで、手伝わせてもらうよ……」

ただの気のせいかも知れないのに、俺は意識してしまい、舌をもつれさせながら、何とかそれだけ答えた。

「ありがとうございます！　本当に、助かります」

しおりはパッと顔をほころばせる。ニコニコして話している。

「それでは、今度の日曜日、朝の九時に執行部室にいらして下さい。どうか、よろしくお願いします」

しおりはにっこり笑ってそう言い残すと、ペコリと深く頭を下げて、自分の教室へ戻っていった。


午後の授業を終え、ホームルームも終わり、俺は廊下へと出た。

部活がある奴等は部活へ。そうでない奴等は学校を出る。

それがごくごく普通の生徒だ。

だが、俺達はそのどちらでもない。まだ帰る訳にはいかない理由があった。

帰る奴等は大方校舎を出てしまったのだろう。

廊下を軽く見渡すが、辺りには人影が見られなかった。

窓から裏庭を見下ろすと、一人の生徒がぽつんと立ち尽くしているのが見えた。

スカート姿から女子と判る。それに見覚えのある髪型。

間違いない。弓だ。

俺の心臓が何かに掴まれたように、キリキリと痛み出した。

ろくに証拠もなしに、頭に血の上った俺は弓を犯してしまった。

だが、俺は弓から逃げない。自分の犯した罪と裕子先生の死と向き合うためにも。

逃げ出しそうになる足を、取って付けたような決意で、校舎裏へと進ませた。

弓は窓から見た時の場所に、そのままの姿で、こちらに背を向けて、ぽつんと立ち尽くしていた。

「よ、よう……」

何も無かったかの様に、自然に声を掛けたつもりだったが、自分の声がやや上ずっているのが判った。

弓はちらっと振り返り、こちらを見たが興味なさげに顔を元に戻す。

「この前は……本当に悪かった……俺は……お前の事、誤解して……だけど……」

「何度も同じ事を言わせないで下さい」

弓が冷たく突き放し、俺に背を向けた。

「そ、そうか……だけど、俺は……どうすればいい？」

「これ以上……関《かか》わり合いにならないほうが、根岸先輩のためだと思います」

弓は俺に背中を向けたまま、ぽつりと呟いた。

「えっ⁉　なんだって！」

弓の思いがけない言葉に思わず声を荒げてしまう。

「お前と関わり合いになると、何かあるのか？　何か知っているのか？」

俺は必死に声を落ち着かせながら言った。それでも心臓が激しく脈打ち、頭がボーっとして、指先が痺《しび》れてくる。

「……私に、とは言ってないわ……」

弓はそれだけ言うと棒きれのように細い足を一歩ずつ先へ進ませた。数歩歩いただけなのに弓の小さな背中が遠く感じる。

「おいっ！　もしかして……裕子先生はやっぱり事故じゃなくて誰かに殺されたのか？　俺達はそいつに近付きつつある……そうなのか？　なんとか言ってくれ！」

呼び止めようと矢継ぎ早に弓に言葉を放つ。

「これ以上話す事はありません」

弓は一度立ち止まったが、そう言うと再びゆっくりとした歩みを進めた。

俺は弓を追いかけることが出来なかった。小さな背中は、俺を完全に拒んでいた。

すっかり遅くなってしまい、家についた時には、辺りは真っ暗になっていた。

リビングのテーブルの上に、きづなが作ってくれた夕飯がある。それらを軽く腹に収め自室に戻った。

蛍光灯が部屋全体を明るく照らしている。

蛍光灯の光で、日中よりも明るく照らされている筈の部屋も、俺の目には何よりも暗く、憂鬱《ゆううつ》に感じる。

机の上にカバンを置き、椅子に腰掛けた。

きづなはだいぶ元気になったみたいだ。俺の帰りが遅くなっても夕食の用意をしてくれていた。

俺は椅子に浅く座りながら、目を閉じた。

少し前までのきづなの姿が目に浮かぶ。

学園にも行かず、朝から晩まで泣くか放心状態で、ご飯も食べてなかった。顔も青白くまるで、生ける屍《しかばね》のようだったきづな。

だが、今は違う。

今は学園に行く。台所に立って料理を作る。ちゃんと笑うことだって出来る。

きづなは元気になってくれた。

裕子先生が生きていた頃《ころ》の様に。

俺はきづなの笑った顔を見ると、内心ほっとする。安心出来る。

たった一人の妹。

悲しませるものか。

俺だけは、何が何でも生きて、きづなの側《そば》にいてやる。

きづなが独立して、最愛の人を見つけて、そして幸せになってくれるまでは。

「……くそっ。なんだか気が抜けてきた」

こんなことでは明日からの調査に差支えがでそうだ。

きづなが無事でいてくれたなら、笑ってさえいてくれたなら、俺は何もいらない。

だが、俺は弓を制裁してしまった以上、後戻りできない。

気合を入れ直すべく、頭を机にガンガンとぶつける。

ふと、俺はアレの事を思い出してた。頭を机にぶつけたせいで閃《ひらめ》いたようだ。

机の一番下のボックス型になった引出しを開ける。

そこには、使い古された国語辞典、インクの入っていない万年筆、レンズの無い眼鏡や空き缶までもが入っている。

一見ガラクタに見えるが、どれもこれも大切なものばかりだ。

俺はそこに手を突っ込んで、ガサゴソと漁《あさ》る。そして、捜している物を見つけ、引出しからゆっくりと、手を引き抜く。

鉄で出来た二つの輪を鎖で繋《つな》いだものだった。

手錠。

親父《おやじ》の形見として俺が受け取ったものだ。

俺はきづなとは血が繋がっていない。それは俺が、刑事だった親父に、引き取られた子供だからだ。

俺の実父、血の繋がった父親は犯罪者だった。

物心もつかない我が子、つまり俺を人質に取ったらしい。そして、きづなの父親は、俺を救うため、俺の親父を撃った。

俺がそれを聞かされたのは親父が殉職《じゅんしょく》する数日前のことだ。

なぜ、親父が急にそんな事を言い出したのかはわからない。虫の知らせ、というやつだったのだろうか。

俺は親父からすべてを聞くまで、きづなとは実の兄妹だと思っていた。

血が繋がっていないことが判った今でも、俺はきづなのことを実の妹だと思っている。

それはきづなも同じだろう。

この手錠は、親父の同僚の刑事が『本当はダメなんだけど』と言いながら、俺にくれたものだ。

俺は改めて手錠に視線を落とした。

この手錠は、一体何人の人間を裁いてきたんだろう。

窃盗、恐喝、強盗、レイプ、殺人……。

俺がこれからやろうとしている事、それが真っ当じゃない事ぐらい、俺自身よく判っている。

だからこそ俺は、この決意を罪悪感などで揺るがせたくはない。

手錠。

これは俺自身の心と体を繋ぐ戒め。

裕子先生を殺したかもしれない奴を探し出すという、決意の証《あかし》だ。

俺は、机の上に置いていたカバンの中に、そっと手錠をしまい込む。

疲れ切った俺の体は机から離れ、裕子先生の匂《にお》いがかすかに香るベッドへと吸い込まれていく。

……いい夢が見たい……出来れば……裕子先生との……夢……を……。


ユサユサ。ユサユサ。

ベッドが揺れている。心地よい眠りを妨げようとする揺れは不快だ。

俺はその不快な揺れから逃れようと、体を反転させるように寝返りをうった。

「お兄ちゃん、朝だよ。起きてよぉ」

今度は揺れに加えて、耳障りな音まで聞こえてくる。

「お兄ちゃん起きてってばー！」

音ではない。どうやらきづなの声だ。

「うるさい……」

「うるさくない！」

俺がうわごとを言い終わる前にきづなは叫んだ。

ぼふっ！

「……ぐはぁっ！」

きづなの、渾身《こんしん》のフライング・ボディプレスが決まると同時に、俺の体はくの字に折れ曲がり、地獄の様な朝を迎える。

「朝ご飯出来たから、早く下に来てね、お兄ちゃん」

きづなは俺の上から降りると、何事も無かったような顔をして、部屋を出て行く。

なんて手荒な起こし方だ。きづなに文句の一つでも言ってやらないと、気が済まない。

俺は寝起きでボーっとした頭で、パジャマのまま、階段をズダズダと降り、朝ご飯が用意されている筈のリビングへと向かう。

「きづなっ！」

ドアを勢いよく開くと、テーブルの上に料理を並べる、成長したきづなの姿があった。

「あ、根岸先輩、おはようございます」

確か、ついさっきまでは、胸もなければ、尻もない、髪の毛も、もっと短かった筈だ。

「……根岸先輩？」

根岸先輩？　さっきはやりすぎたと思って、謙虚になっているんだろう。

悪いと思っているなら、わざわざ怒ることもない。

「さっきの事は、別に怒ってないから、いつも通りお兄ちゃんでいいよ」

「……えっ？　おにい……」

きづなは、俺の慈悲深い心意気に感服したのか、目を真ん丸くして見ている。

「さあ、朝飯にしよう、きづな」

ばこっ！

後頭部を、何か物凄《ものすご》い硬いもので殴打される。あまりの痛さに声も出ない。

その衝撃で、止まっていた酸素が頭に流れ込み、俺の中であやふやになっていた記憶の断片達が、一つの形として修正される。

これまでの出来事を一瞬ですべて理解した。もちろん、俺を後ろから殴りつけた犯人の事も。

「目、覚めた？　お兄ちゃん」

振り返ると、見慣れた女の子が呆《あき》れ顔《がお》で立っていた。きづなだ。

きづなは、凹《へこ》んだ、でかいパイナップルの缶詰を手にしている。

どうやら俺はパイナップルの缶詰で殴られたようだ。

「しおり先輩ごめんなさい、お兄ちゃんが何か失礼なことしちゃって……」

そう、成長したきづなだと思っていたのは、佐倉しおりだ。

目を真ん丸くしていたしおりだったが、俺が寝ぼけていた事が判ると、クスクスと笑い出した。

「失礼だなんて全然。それにしても、うふふ……先輩、真顔でお兄ちゃんって……」

笑いのツボに入ったのか、しおりは楽しそうに笑い続ける。

次第にきづなもつられて笑い出す。

しおりは、朝食を作る手伝いに来てくれたらしい。塞《ふさ》ぎがちだった、きづなの事を気遣って、様子を見に来てくれてるんだろう。色々な意味でありがたい。

「へへへ、どう、お兄ちゃん、おいしいでしょ？」

きづなは、ここぞとばかりに、誇らしげにしている。

確かにうまいが、おそらく、ほとんど、しおりに手伝ってもらったんだろう。

久しぶりにまともな食事にありついた気分だ。

「根岸先輩、そのぉ……どうです？　おいしいですか？」

しおりは、誇らしげにしているきづなとは裏腹に、柔らかい笑顔を浮かべ訊《き》いてくる。

「……ん、とってもおいしいよ」

「よかったぁ。その料理は、私が作る中でも、一番自信があるんですよ」

俺がしおりの料理を誉《ほ》めていると、きづなが俺の前に、すっと一枚の皿を差し出す。

「ねえ、お兄ちゃん、これ食べてみて」

皿の上には何やら真っ黒な炭の塊が、でろりとのっかっている。

「……きづな、これ何?」

「何って、ハムエッグだよ? ……ちょっと焦げてるけど」

ちょっと焦げている。これをちょっとと例えるなら、火事で全焼した家も小火になる。

「ねえ、早く食べてよ、お兄ちゃん」

きづなは目をキラキラさせて、俺に食を促す。

完全に自分に酔っている者の目だ。もう、何を言っても無駄だろう。

「根岸先輩……」

しおりは無言のまま俺に頷《うなず》いて見せる。きづなの気持ちを大切にしろ、そう言いたいんだろう。

木炭を食うサルがいるぐらいだ。きっと、体にいいに違いない。

そう自分に言い聞かせると、炭を箸《はし》で掴んで、ガリガリと噛《か》み砕いていた。

「うんっ！　うまいっ!!　涙が出るくらいうますぎる！」

「ふっふーん、そうでしょう、そうでしょう」

俺は愛想笑いで、御歯黒を塗ったみたいに真っ黒な歯で、ニッと、笑って見せる。

きづなはしおりの方に、視線をやってから、ケタケタと笑い出す。

「キャハハハ、お兄ちゃん気持ちわるーい」

しおりも下を向いて、必死に笑いを堪《こら》えている。

どうやら俺は一杯食わされたらしい。

すべては後の祭りで、俺はヤケクソになり、ハムエッグを残さず全部食べ尽くす。

学園に行く前に、いつも心強い味方である胃薬を、腹の中に送り込んでおいた。


いつもの薄暗い部屋。写真部の部室だ。

日常を取り戻しつつある明るい表に対する、俺の裏側。

ここの薄暗さはそれを象徴しているように感じられる。

「で、どうだ？　何か判った？」

俺は部室に入るなり、先に来ていた信也、大介、洸の三人に調査の結果を聞いた。

「望なんだけどさ……」

　信也は顔を赤くして望の調査結果を口にし始めた。

「あの娘《こ》は多分、関係ないと思うよ」

洸はきょとんとした顔で信也の顔を見た。

「おいおい……どうしちゃったんだよう。まるで子供みたいに……」

温和な大介も、信也の態度が不満らしい。

「望はね、なんというのか……弱いんだ、女のしたたかさとか、ずるさとか、そういうのが一切無いんだよ……」

あきれたように洸が肩をすくめて、大きく、溜め息をついた。

「自分を飾る事も、自己主張する事も知らない。いつもしおりの後ろでオドオドしてる……いくら調べても、それ以上の事は出てこなかった。裏も無いんだ。あんな娘に、悪事なんか出来るもんか……そうだろ？」

信也らしくない。

「まだなんとも言えないよ……」

俺は冷たく言い放つ。信也もそれ以上、何も言わなかった。

「洸はどうだった？」

俺の問い掛けに、洸は目を伏せ、無言のまま、首を横に振った。

「そうか……。大介は？」

つづいて、大介に目を向ける。

「光ちゃん……体育教官室に呼び出されてたから、先回りしてビデオを仕掛けてみたんだ」

「何が撮れたんだ？」

「光ちゃんみたいな可愛《かわい》い娘が、こんな事してるなんて、ちょっとショックだったよ」

そう言うと大介はおずおずと、ビデオをセットし、再生ボタンを押した。

パソコンのモニターに乱雑な机と棚のある、小さな部屋が映し出された。

石灰混じりの土埃と、むさ苦しい汗の臭いが漂ってきそうな体育教官室だ。

制服のスカートを捲《めく》り上げた女生徒と、ジャージ姿の体育教師がセックスしている。

ジャージ姿の体育教師の事は良く知らないが、確か、水泳部の顧問だ。

そして、小柄な女生徒は一年生の凪原光。

「あ、あ……あふ、ん……んっく、んっく……あ、あんっ……あんっ……」

「ハハハッ……いい具合だぞ、凪原ッ！　ガキみたいな顔して、マ○コはすっかりこなれてやがるな！　ええっ？」

荒い息で、卑猥な言葉を吐き散らしながら、光を後ろから責め立てる教師。光の細い腰を掴んだ指先が、柔らかそうな肌に食い込んで、ジワジワと痛々しげな跡を残している。

「せ、先生ッ……んっ！　んく……そんなに、乱暴にしないでっ……ね、お願いです……優しくして……きゃあああっ！」

乱雑な机に肘《ひじ》を付き、這《は》いつくばらされている光は、苦痛に眉《まゆ》をひそめながらも、教師に媚《こ》びるように笑って見せた。

「ふん、何が乱暴にしないで……だ！　子供ぶりやがって……誰にでも尻を振る雌犬《めすいぬ》のくせに……畜生っ！」

「そんな！　そんなっ……きゃあっ！　あ、あああっ！　止めてぇ……壊れちゃう……あ！　あ！　あああ……」

教師の浅黒い下腹が、光の丸い尻を押《お》し潰《つぶ》し、しゃくりあげるように擦り上げる。反り返ったペニスを背中へと貫くように、硬い先端で抉《えぐ》られて、光は悲鳴をあげて、蹴飛ばされたように尻を跳ね上げた。

「あううっ！　痛いですうっ……う、うううっ……お願い、お願いっ……」

「ああ、痛いだぁ？　これは体罰だからな！　この淫乱《いんらん》生徒っ！　股《また》を開けば、男は何でも言う事聞くなんてナメた考えの小娘にはな、こうやって体で判らせてやるんだ！」

　教師は自分のしていることに少々の罪悪感があるのだろうか、自分を弁護しながら光を乱暴に突き上げる。

「せっ、先生っ……それじゃ、約束は……プールの事は……あっ！　あっ！　んっ！」

「くっ……くそっ……目を瞑《つぶ》っていてやるよ……でも、俺を満足させられたらだ……畜生っ……畜生っ！」

　体育教師が、光の体をメチャクチャに責め始める。

「お、お願いします……プールの事……水泳部の事……んっ！　あっ、せ、先生っ！　ひあああああっ！」

「う、うるさいっ……黙れっ……それは判ったって言ってるだろうが！　くそっ！　くそっ！　くそおっ！」

　光は、背の高い教師に、股間を高々と突き上げられ、胎内から背中側を反り返ったペニスの先でゴリゴリと抉られている。

　ビデオの中の教師は容赦なく、小柄な光を貫き続けていた。

「大介、巻き戻してくれ！」

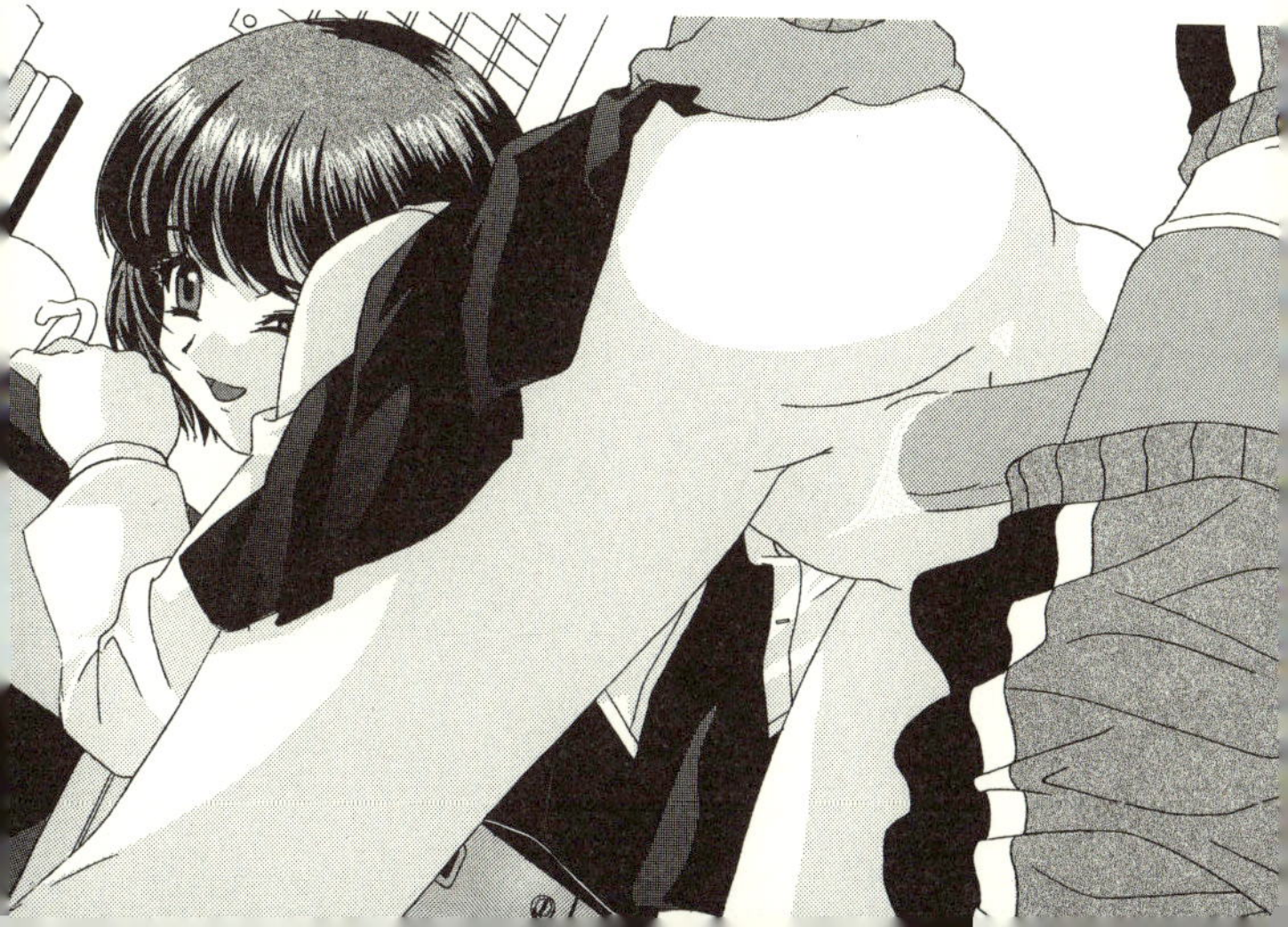

俺はとっさに声を上げた。

「ど、どうしたんだよ、正義君」

俺が急に声を上げたせいで、大介の体がビクっと震えた。

「いいから」

大介は俺に促されて、ビデオを巻き戻し、俺がもう一度見たい部分からビデオは再び再生された。

ビデオの中で、光は確かに言っている。プールの約束と。

「体を提供して不正をしているっていうところかな？　もしそうだとしたら、スポーツマンシップも地に落ちたな」

信也も俺がビデオで気になったことを察したようだ。

でも、一体何故《なぜ》だろう。確か光はカナヅチだった筈だ。そこまでして水泳部の便宜を図る必要はない。

「なにか裏がありそうだな……」

低く呟いた俺に三人は頷いた。

「大介、引き続き、光をマークしてくれ」

重点的に光の身辺の調査が必要なようだ。そのためには大介の盗撮の腕に任せるのが一番いい。

第三章　証拠

朝。俺はいつものように写真部の部室を訪れた。

「大介、光のことでなにか判ったことはあったか？」

昨日の今日だ。まだ、そんなに成果は上がっていないと思われた。

「冴枝と光ちゃんなんだけど、プールのシャワー室なら両方捕まえられると思ってビデオを仕掛けておいたんだ。大当たりだよ」

俺の考え以上に、大介の読みは的中し、調査に成功したようだった。

「二人いっぺんに撮れたのか？」

「それだけじゃないよ……まあ、見てくれよ」

大介はビデオカメラをパソコンに接続して再生ボタンを押した。

パソコンのモニターにボブカットで小柄な少女と長身で無駄な肉がないように見える引《ひ》き締《し》まったボディーラインの少女がじゃれあうようにお互いの体を洗いあっている。

昨日のビデオの凪原光と水泳部のエース一条冴枝だ。

「光……いつもすまないな。あいつ、アレでも部の顧問だから……酷《ひど》い事されたか？」

「いいえ。先輩のためなら、辛《つら》くありません。それに……いつも先輩は、こうしてあたしの事、慰めてくれるから……」

光がそう言うと、冴枝の手は光のシャワーに火照り、ピンク色に染まった、肌の上をゆっくりと這《は》っていく。

「光……可愛《かわい》いよ。お前は本当に私が好きなんだな……嬉《うれ》しいよ……洗ってやる。綺麗《きれい》にしてやるからな……」

シャワーの水玉が弾《はじ》けている胸元から、小振りの乳房の頂上へ、なだらかな曲線を静かに撫《な》でながら、控えめに尖《とが》っている乳首をくすぐっている。

「ああっ……冴枝先輩！　嬉しい、嬉しいです……きれいにして下さい、先輩の指で……光の体、きれいにして下さい……」

ビクンッと光が体を震わせる。つま先立った光の足元で、シャワー室の床のタイルが、キュッと音を立てた。

「当たり前じゃないか……アタシのために、我慢してくれたんだからな」

冴枝は、光の耳元で囁《ささや》きながら、細く尖った指先で、コリコリと光の小粒の乳首を捏《こ》ね回す。

「オッサンのいやらしい指に、この可愛い乳首、捏ね回されたり、この細いきれいな首筋をベトベトの舌で舐《な》め回されたり……」

汗と湯が玉になって弾けている光の首筋に、尖らせた唇を押し当て、何度も小さな音を立てながら吸う。

「汚いチ○ポ、喉《のど》の奥までねじ込まれて……しゃぶらされたり……臭い精液、飲み干したり……」

光の頭を抱き寄せて、頬《ほお》に手を当て、愛《いと》しそうに指先で、半開きになっている唇を弄《もてあそ》ぶ。

「全部、我慢してくれたんだろう？　アタシのために……ああ……光、可愛がってやるよ、うんと可愛がってやる……」

冴枝は、光のこめかみに貼《は》りついた髪を掻《か》き上げて、真っ赤になっている耳たぶに、更に熱い息を吹きかけながら囁いていた。

そして冴枝は、青白く、静脈の浮いた光の乳房の裾野《すその》から、ほんのり朱に染まった頂上まで、大きく開いた唇でむしゃぶりつき、揉《も》みしだく。

「辛かったんだな、光……この可愛いオマ◯コに、汚いペニスをゴリゴリねじ込まれたんだもんな……」

冴枝は、指先で光の股間《こかん》の膨らみを優しく揉みながら、光のヴァギナをそっと開く。

左右のヒダに、人差し指と薬指を浅く食い込ませて、ジワジワと愛撫《あいぶ》しながら押し広げる。

「あ！　はあ、ああ……んっ。あ、あ……せんぱ……い。熱い……ああ……」

ゼリーの様に震えている粘膜の上に、湯を流されて、内股《うちまた》をキュッと強張《こわば》らせ、小さく仰《の》け反《ぞ》り、喉を鳴らして、光は吐息を漏らす。

蜜《みつ》を洗い流されて、それでも艶《つや》やかに光っている光の肉。

冴枝は、左右のヒダを押さえたまま、中指をその肉に押し当てて、尖った指先でカリカ

リと優しく引っ掻き、ヒクヒクと動いている小さな穴を探り当てた。

「ココに、チ○ポねじ込まれたのか？　汚い、臭いチ○ポで、この可愛らしいオマ○コ、掻き回されたのか……」

「はい……されました……ヌメヌメしたのが、ズブズブ入って来て……あたしの中……グチャグチャ掻き回して……あぁ……」

半ば涙声になって、小さな肩を震わせながら、冴枝の胸元に体をすり寄せる光。

冴枝の中指が、光のヒダの中心の小さな穴に、浅く沈む。

「アタシの指で、掻き出してやるよ……オッサンのチ○ポのヌメヌメ、光のオマ○コから、全部ほじくり出してやる」

「んっ、んっ！　はいっ、取って下さい、光のオマ○コほじくって、チ○ポのヌメヌメ、全部取って下さいっ……」

光はピンク色に火照った内股を擦《こす》り合わせ、腰をくねらせて、冴枝の股間にお尻を押しつける。

膝《ひざ》を震わせながら、つま先立ちになって背中を小さく反らせた。

腰が震えて、股間の膨らみが冴枝の手から滑って逃げ出しそうになる。

「ん……光、力を抜け……そんなに締めつけるな。奥まで届かない……」

冴枝は、柔らかな光の陰毛を絞るように、光の股間の膨らみを軽く握り締めた。

光の内側をキュッと押さえ、静かにまさぐる冴枝の中指。

「判るだろ、今、光のオマ〇コに入って来てるのは私の指だ。オッサンのチ〇ポじゃない。奥まで挿《い》れさせてくれ」

「ん、んっ……はああっ……判ります、先輩の指です……ああ、動いてる！　先輩、お願い、もっと奥まで……」

光は、モジモジと足をわずかに開いて、おねだりするように腰を艶めかしくユラユラと揺さぶり、冴枝の掌《てのひら》に股間の膨らみを押しつける。

冴枝は中指にしゃぶりつこうとする光のヒダを人差し指と薬指で押さえつけて揉みしだいた。

浅く食い込ませた中指で、小さな穴を押し広げるように、縁を撫で回すように輪を描きながら、ゆっくりと沈めていく。

よじれて捲《めく》れあがった光のヒダ。その間に、冴枝の細く尖った中指を深く食い込ませた光の肉が見える。

「ああ……光のオマ〇コが、アタシの指を吸い込んでいくぞ。クチュクチュ動いて、お願いしてる……ふふふ……」

光の肉は、食い込んだ冴枝の指に、更にむしゃぶりつこうとしているかの様に、グッと盛り上がって、ビクビク引きつりながら締めつけている。

「あっ、あっ、あぁぁ……先輩いいっ！　光のオマ○コの奥、先輩の指でほじくって……掻きむしって……」

浅い所をほじくられ、くすぐられて、光は身悶《みもだ》えながら、沈められた中指を揉みしだくように腰を振り、冴枝の愛撫を求める。

「あああ、お願い……先輩っ、いっぱい感じさせて……気持ち悪いチ○ポの感触、忘れさせて下さいっ……お願いですうっ！」

指先が食い込むほど、冴枝の二の腕をキツく握り締め、すがりつき、自分の股間にその指をねじ込んだ。

「このヌルヌルは、オッサンのチ○ポの汁じゃないよな……可愛い光の蜜だ……感じてるな？　光……」

そっと下腹を撫でて、掌に染み出した光の蜜を、柔らかな陰毛に擦りつける。

「は、はい……感じます、感じますっ……先輩の指の関節が、あたしのオマ○コの中、コリコリしてる……」

のぼせたように頬を赤くし、冴枝の肌に乱れた髪を貼りつけて、頬をすり寄せ、甘い吐息を吐きかける。

「フフフ……エッチだね、光は……それとも、私が光をこんなエッチな娘《こ》にしちゃったのかな……こんな風に」

「あ、あ……先輩っ……そうです。あたし、先輩に可愛がってもらえるのが嬉しくて……だからこんなに……はあ、はあんっ……」

冴枝の指に、体の奥を弄られる度に、冴枝の胸元にもたれかけさせた小さな頭を、コロコロと転がす光。

冴枝も、熱く荒い息を、光の可愛らしい耳に吐きかけながら、濡れた髪にウットリと唇を押し当てる。

「私もそうだよ。光に甘えてもらえるのが嬉しい……判るだろ？　私の体も、こんなに熱くなって……興奮してる……」

「はい。判ります……先輩のオッパイの先っぽ、硬くなって……あたしの背中をコリコリ引っ掻いてる……」

冴枝は、大きく張り詰めた乳房を、光の背中に押《お》し潰《つぶ》すように擦りつけて、捏ね回す。尖った乳房の先を、緩く開いた光の腋《わき》の下にねじ込み、柔らかそうな二の腕と脇腹《わきばら》の間で揉みしだかせる。

「先輩のオマ○コも……熱くて、あたしのお尻にヌルヌルしてる。ああ……スゴイ……」

艶めかしく腰をくねらせて、内股に光の太股を挟み、ビクビクと震え波打っている光の腰に下腹を摺《す》り寄せる。

堪《こら》えきれなくなったように、柔らかな肉に覆われ、滑らかに盛り上がった光の腰骨に、股間を擦りつけて、ゆっくりと上下させている。

光の太股に、冴枝の蜜がヌルヌルと塗りたくられて糸を引く。

「あああっ……先輩っ……抱き締めて、もっと……もっとぉ……あたし……もう、イッちゃうっ……イッちゃいますうっ！」

「光の膣内《なか》、ビクビクして……私の指、キュウキュウ締めつけて……いいよ、光っ……んっ、はあっ、イッていいよっ……」

光は完全につま先立ちになって、冴枝に導かれるままに預けた体を、強張らせ、ビクビクと小刻みに震わせている。

「はあ、はあ、はあ……ん、んっ……先輩……大好きです……んふっ……はああっ……」

二人は、いつまでも飽きることなく、お互いの体を貪《むさぼ》り合っている。

ビデオの中の二人の会話から、光が冴枝のために、水泳部の顧問に体を提供したことがわかった。

「光は、冴枝のために、教師に体を差し出してるって訳か……」

「嫌な話だな……セックスは、セックスそのものを楽しむべきだ。取引の道具じゃない」

信也の言葉に洸が俯《うつむ》いて首を振る。

「こう言うのばかり見ていると、なんだか恋愛なんて出来なくなりそうだね……」

大介はなんだか、寂しそうな目をしている。俺を含め、信也や洸も同じ思いなのだろう、重たい空気が部室を包んだ。

俺たちは部室を後にし、各々の教室へと向かった。


俺が自分の教室に入ると、クラス中の奴等《やつら》が一斉に俺の方に顔を向けてきた。

教室を見渡すと皆、俺の方をちらちらと見ながらひそひそと小声で話し合っている。

俺自身、噂《うわさ》になるようなことをした覚えはない。もし、噂になるとしたら、調査の事ぐらいだ。

ま、まさか……俺達の調査がバレたのか？

血の気がさーっと引いていく。

「ようよう、正義」

突然、背後から陽気な声が飛んできた。

同時にとん、と背中に何かが当たった。

振り返ると、級友の一人がニヤニヤしながら俺に体当たりをかました所だった。

「お前……噂になってるぞぉー」

俺達が裕子先生の事故について調査していることが、バレてしまったのだろうか。

もしそうだとしたら、当然、裕子先生を殺したと思われる奴の耳にもこの情報は届いた筈《はず》だ。

「う、噂？　なんの事だ？　噂って……」

俺は額に浮かんだ脂汗を拭《ぬぐ》いながら白を切る。我ながら白々しい。

「ちっきしょー……うまいことやりやがって！　佐倉と付き合ってるんだって⁉」

「へ？　さ、さくら？」

一瞬、何を言われたのか理解出来ない。

『サクラトツキアッテルンダッテ』

『サクラト、ツキアッテルン、ダッテ』

『佐倉と、付き合ってるんだって』

俺は級友の言葉をようやく、自分なりに解釈できた。

「な、何っ⁉　佐倉って……さ、佐倉しおり？　しおりの事かぁ！」

「名前で呼び捨てだよ、おい……大したもんだな！」

俺がしおりと付き合っている？　まったく身に覚えのないことだ。

「なんだよ、それっ！　聞いてないぞ！　俺はっ！」

「またまた、おとぼけが上手なんだからぁー。このこのぉー」

級友が肩で俺をうりうりと小突いてきた。

「いや、本当だって！　だいたい誰《だれ》から聞いたんだよ、その話を」

「誰も何も、もう学園中の奴等が知ってるぜ」

学園中の噂になっているという事はもしや、きづなの耳にも入っているということだろう。

嫉妬《しっと》深いきづなの事だ。何を言われるか判ったものではない。

そのとき授業開始のチャイムがなった。

「おっ、鐘《かね》が鳴ったか。あとで詳しいいきさつを聞かせてくれよな！」

「あ、おいっ！　ちょっと待て！　俺としおりはそんなんじゃな……」

俺の言葉を最後まで聞かずに、級友は自分の席へと戻ってしまった。

先生がドアを開け、退屈な授業が始まった。


「ふぅー……やっと昼休みかよぉー」

俺は大きく息を吐き出しながら机に突っ伏す。

一時間目が終わると同時にきづなが教室に殴り込みをかけに来るわ、野次馬どもが集まって来るわで、朝から散々な目にあいクタクタだ。

きづなには、ただの噂だと何度も説明したのだが、全く信じようとはしなかった。

そのうち説明するのが面倒になったので、適当に返事をしておいた。

「正義君、飯にしようよ」

突っ伏している俺に大介と洸が声を掛けてきた。俺を昼食に誘いに来てくれたのだ。

こういう時は悪友に会うとなぜかホッとする。

「あぁ……って、信也は？」

「信也？　あぁ、まぁそのうち来るんじゃないかな？」

「そうか……」

屋上に行けば信也もそのうち来るだろう。

「……ねぇ、正義君。しおりちゃんとの事なんだけど……」

屋上に着くや否や、大介も、そんな事を言い出してきた。

洸までも、付き合ったほうが調査がしやすいと言い出す始末だ。

しおりは学園のアイドルで、魅力的な女の子だ。

だが、出来ることならそうあって欲しくないが、しおりが裕子先生の死に関《かか》わっていないとは言い切れない。

なんとか俺は大介と洸にしおりとの誤解を解き、弁当を食べ始めた。

きづなの特製弁当は、噛《か》み締めるたびに、キュッキュッ等、変わった音がする。

「それにしても信也の奴遅いな……」

俺は何気なく振り返り、屋上の出入り口の方に目を向けた。

出入り口には、一人の少女がこちらを見つめている。望、伊東望だ。

望は何か言いたげに俺達を睨《にら》みつけていたが、踵《きびす》を返し降りていってしまった。

「どうしたんだい？　正義君？」

「あ、いや、今、望が俺の事を睨んでいたから……」

「くぅー！　もてる男はつらいねぇー」

大介は肘《ひじ》で俺を小突きながら冷やかす。

「『わたしのしおりを盗《と》らないで！』ってところか？」

大介は口に含んだ米粒を飛ばしながら楽しそうにしている。

「茶化すなよ。そんな訳ないだろう」

あの気弱な望が俺を睨みつけていた理由は一体何なんだろう。

俺がしおりと噂になったからとも考え難い。俺としおりが付き合っていない事ぐらい、しおりに訊《き》けばすぐに納得出来ることだ。

洸が大介になにやら耳打ちした。

「えっ？『われわれの調査に勘づいたんじゃないか』って？」

洸の言葉に大介の顔色がサッと変わった。

「わりぃ、わりぃ。遅れちまって」

丁度その時、信也が購買で買ったと思われるパンを持って小走りにやってきた。

「あっ！　信也君……」

「ん？　どうしたんだ？　皆、深刻そうな顔をして」

深刻な面持ちの俺達に信也は目を白黒させている。

「うん、どうやら望ちゃんが俺達の調査に勘づいているみたいなんだ」

「えっ？　望が？　そりゃ……何かの間違いだ！」

「あくまでそう思える節があるというだけだよ。証拠は何にも無いし……ただ、怪しい感じがするだけだ」

真っ向から否定する信也に言い聞かせるように言った。

「いや、あの娘はそんなことを出来る娘じゃない！」

突然、信也がすごい剣幕で喰《く》ってかかってきた。

望を庇《かば》う気持ちは判るが、少し入れ込み過ぎるような気がする。

「気持ちは判るけど……少し落ち着けよ」

洸と大介も同じことを考えているのだろう、うんうんと頷《うなず》いていた。

「そこらにいる見かけだけの女子と一緒にするなっ！」

今まで散々女を食い散らかしてきた信也の言葉とは思えなかった。

一時は、女こそ狡猾《こうかつ》な生き物、とまで豪語していたのに。

その信也がここまではっきりと望が犯人であることを否定するとは、正直驚きだった。

「うん、判ったよ。信也君がそこまで言うなら……」

「そうだな、望の事を信じる……いや、お前を信じるよ」

俺と大介に合わせるように洸も首をうんうんと縦にふっている。

「あ、い、いや……そ、その、なんて言うか……ありがとう……」

信也は照れて、鼻の頭をぽりぽりと掻きながらそう言った。

「あ、あのっ……」

突然、俺たちの後ろから声がした。

「だ、誰だ？　何だっ？」

咄嗟《とっさ》のことに俺はびっくりして奇妙な声を上げる。

パンの袋だの、空の弁当箱だのを盛大に転がして、声の方に振り返った。

「あ、あのっ！　驚かしちゃいましたか？　すみません……ごめんなさい……」

「あ、いや、大丈夫、大丈夫。気にしてないから。それより……何？」

信也は望をなだめるように話を促した。

「あ、はい。あ、あのっ……しおりに……しおりに近づかないで下さい！」

望は意を決したように信也の顔をまっすぐに見つめてそう言った。

突拍子もない言葉に俺達全員はキョトンとなってしまった。

「望ちゃん、落ち着いて……しおりと噂になってるのは俺じゃなくて正義の方だよ」

「えっ？　あの……あの、ううん、そうじゃなくてっ……私、そういうつもりじゃ……ご、ごめんなさいっ！」

望は訳の判らないことを呟《つぶや》きながら踵を返し、駆けて行ってしまった。

俺たちは狐《きつね》につままれたようにその場に立ち尽くす。

そんな俺たちをバカにするように上空でカラスが鳴いていた。


放課後。

執行部室の前を通り掛かると中から女の子の話し声が聞こえてきた。

普段ならそのまま通りすぎる所だが、片方の声に、やたら聞き覚えがあった。

というよりこれは、聞き飽きた声だ。

「しおり先輩っ！　正直に答えて下さい！」

「あのっ、そのっ……だから……ね、きづなちゃん……落ち着いて……」

「お、お、お兄ちゃんの事……どう想《おも》ってるんですかっ？」

きづなだ。しかもしおりにとんでもない質問をしている所だった。

俺が適当な返事しかしなかったので、今度はしおりに確認しようという訳なのだろう。

「おい、きづな！　しおりを困らせるんじゃない！　噂を真に受けたりして……」

俺は部屋の中にずかずかと入り込むと、しおりを詰問していたきづなをたしなめた。

「あ……お兄ちゃん？　だって、だってっ……」

「根岸先輩……ちょうど良かったわ。先輩からも、説明してあげて下さい」

「そうだよっ！　説明して、お兄ちゃん！　どうなってるの？　っていうかどうなの？」

「おいおい、何が言いたいのかさっぱり判らんぞ」

俺としおりが付き合ってる。そんなこと、冷静になって考えれば噂でしかないことは判るものだ。

「お兄ちゃん！　どうなの？　しおり先輩の事どう想ってるのよ！」

きづなは、ずいと俺に迫るように一歩、足を出した。

「馬鹿《ばか》だなぁ、ただの噂だよ。う・わ・さ」

「うん……ただの噂。ちょこっとだけ……残念な気もするけどね。ウフフッ……」

しおりはクスクスと笑いながらおどけてみせた。

「う、噂？　ホント？　ホントにホントだよね？」

きづなが俺としおりの顔をキョロキョロと見比べている。

「ああ、多分しおりが俺の家で朝食を食べたことを誰かが誤解したんだろう」

「うーん……やっぱり、軽率だったかしら……ゴメンね、こんな騒ぎになっちゃって」

「じゃあ、二人は……そのぉ、そういう関係じゃないんだよね？　その……男女の……」

きづなは顔を赤らめて、ごにょごにょと口ごもってしまった。

「あら、きづなちゃん……私がお義姉さんになっても、仲良くしてもらえるかしら……」

しおりは俺との噂をダシにトンでもない冗談を言い出した。

「だけど、それで私と根岸先輩の間に赤ちゃんが出来たら、きづなちゃん、叔母《おば》さんって呼ばれちゃうわよ？」

しおりの悪ふざけは止まらない。

「あ、あ、あかちゃん！　あか、あか、あかちゃんって、や、や、やっぱり！」

きづなは、しおりを指差し、酸欠になったナマズみたいに口をパクパクさせている。

「おいおい、しおり。混ぜっかえすなよ」

「ふふっ、ごめんなさい。大丈夫よ。なんにも無いんだから」

たかが噂一つでこの盛り上がりだ。しおりやきづなも、やっぱり、あと二十五年もすれば、毎日みも・のんたに夢中になるオバサンになってしまうという訳か。

……信也が女性不信になった理由も判るような気がする……。

それから、きづなを納得させるのに、俺としおりで小一時間は掛かってしまった。


それから数日。

屈原光が体を使って、水泳部の便宜を図っていた事は確実なものとなったが、それを行わせていると思《おぼ》しき一条冴枝については、確証を得られずにいた。

大介のビデオにも何も映し出されることはなく、彼には別の人物の調査に当たってもらっていた。

「新しい情報が手に入ったぜ」

信也が目を輝かせて、部室に入ってきた。俺、大介、洸の三人は信也を中心に囲み、話に耳を傾けた。

「冴枝は、一年の光をペットにしてる。この前のビデオにもあったように、しょっちゅう、可愛がってやってるそうだよ」

信也は小さく咳払《せきばら》いをして続けた。

「しかも、光に体を提供させているのは、教師だけじゃなくて、男子水泳部員にも……っていう話だ」

普通なら突拍子も無い噂話だろう。だが、調査を進めている俺達にはそれが事実だと判る。

「確かな話か？」

念のため、信也に確認する。

「ああ、水泳部の男子に聞いたことだから間違いない」

「そうか。じゃあ、この前のビデオの裏付けが取れたって訳だな」

もう、これ以上の証拠は必要ないだろう。

彼女達が不正を働いていることの証拠は揃《そろ》った。

後は彼女達を制裁し、裕子先生の死について聞き出すだけだ。

「僕の方だけど、スゴイのが撮れたよ」

つづいて冴枝、光ペアの調査から外れていた大介も収穫を得たようだ。

「今日は大漁だな」

数日間の不調が嘘《うそ》のようだ。

「……体育館の更衣室に仕掛けたら、清香と菜美ちゃんが……まあ、見てくれよ」

そう言うと、大介はいつものビデオカメラをパソコンにセットした。

更衣室で、絡まり合う二人の女子が映し出される。

園城寺清香と、須藤菜美だ。長身の清香が、小柄な菜美を、まるで子供をあやすように、膝の上に抱いていていた。

どうでもいいことかも知れないが、この学園はレズが横行しているのだろうか？

冴枝、光に続いてこの二人もレズビアンだとは思わなかった。

まさか、先生の残したリストはレズリストなのだろうか。と、いう事は、まさかしおりや望まで……。

　俺のバカな考えを余所《よそ》にビデオの二人は恋人同士の様にお互いの体をまさぐりながら、何かヒソヒソ話していた。

「清香お姉様……今度は、誰をボイラー室に連れて行けばいいの？」

「新聞部の、紀子《のりこ》とかいう女……判るかしら？」

「知ってるぅっ！　お姉様や、あの人の事、疑って調べて回ってる新聞部員でしょ」

「あの人の事までは、気付いて無いみたいだけど。鬱陶《うっとう》しいったら……あの人からも、何とかするようにって言われてますし」

　サッパリ意味は判らないが、なにやら不穏な気配がする。

　それに『あの人』とは一体誰のことだろう。

「うん、判った！　男の子達に、エッチもオナニーもしちゃダメーッて、言っとくね！」

「そんなに溜めさせなくともいいですわ。あまりケダモノみたいにして、無茶な事されても困りますし」

「じゃ、いつもみたいのでいいの？」

「そうね。ああいう堅い女性は、結構脆《もろ》いですものね……壊されちゃったり自殺されちゃったりしたら面倒ですし」

　男達に溜める？　無茶な事？　壊れる？　自殺される？

　清香と菜美から次々と出てくる、ただならぬ言葉の数々。

「なんだかんだ言って、後始末するのこっちだもんね……男の子って、ちょっとヤバそうになると、すぐ逃げ出しちゃうんだから」

「男なんてそんなものですわ。男が強気になれるのは、相手が抵抗出来ない時だけ」

形のいい眉《まゆ》をひそめて、スッと通った鼻筋に、ちょっとシワを寄せて、清香は男という言葉を口に出すのさえ汚らわしい、とでもいうように、嫌悪感に唇を歪《ゆが》ませた。

「そのくせ、私の命令だから仕方がないんだとか言って、責任逃れする……吐き気がしますわ。まったく……」

「それに、馬鹿だよねぇ。オマ○コさせてあげてるだけで、何でもするんだもん……男のいいトコは、チ○ポだけだよぅ」

清香が機嫌を悪くしたのを見て取って、菜美は、下品な言葉を、わざとおどけて口にして、ケラケラと笑っている。

清香はつられて、しかめていた表情を緩め、口元をほころばせた。

「……あらまあ……菜美ちゃんったら、はしたない……そんなに男のモノが好きなの？」

「ううん、菜美が一番好きなのは、お姉様のチ○ポ……お姉様のチ○ポが、一番大好き」

菜美は頬を染めて、サラサラの清香の髪を、小っちゃな鼻で掻き分けて、清香の耳元で、恥ずかしそうに呟く。

清香が、目を細めて、妖艶《ようえん》に笑い、スカートをめくり上げ、菜美のショーツの上から肉の裂け目を中指でそっと撫でた。

ショーツの当て布にジュワっと沁みが広がっていく。

「あら、残念……今日は持って来ていませんわ。その代わり……紀子の件、上手《うま》く片付けたら、ご褒美に……ね？」

紀子の件が片付いたら？

清香は誰かに紀子という女の子を襲わせるつもりなのだろう。

「ウフフ……いいわよ。菜美ちゃんは、とってもお汁が多いものね。ショーツがグチョグチョになっちゃうわよね」

清香は笑いながら、菜美のショーツに手をかけて、ズリ下ろす……貼りついた股の所が、細くキラキラ光る糸を引く。

菜美に片足を上げさせて、ショーツを抜き取ると、真っ赤に蒸し上げられたように火照った内股をヌルヌルと撫でながら、大きく足を開かせた。

高く上げられた太股に、ヘソが見えそうなほど大きく捲れ上がった菜美のスカート。

清香の伸ばした指先が、プクンと膨らんだ下腹の茂みに触れる。菜美の若い茂みを指先に絡めると、キュッと引っ張った。菜美が小さく声を上げる。

「ああっ！　や、やだぁ……お姉様っ、引っ張っちゃダメですぅ！　あん、あん、きゃうんっ！　意地悪っ、しないでぇ！」

柔らかそうな菜美の陰毛は、火照った肌に蒸し上げられて、熱い汗をタップリ吸って、クリームの様にフワリと盛り上がっていた。

清香は、シットリ濡れて指先に貼りついて来る菜美の毛を指先でそよがせて、掌でザワザワと押し潰しながら、更に手を下へと滑らせる。

「あああ……あはあああ……ボーッとして、フワフワして、クラクラするぅ……あ、あひっ？　きゃ……きゃうううんっ！」

「あっ……驚かせちゃったかしら。ゴメンなさい……菜美ちゃんのココ、もうこんなに敏感になってたのね……」

柔らかな手で下腹をマッサージされて、ウットリとしていた菜美が、突然、甲高い声を上げて、体を鋭く反り返らせる。

清香が、静かに指の腹を滑らせているのは、包皮を捲れ上がらせるほど膨れ上がり、パンパンに張ってツヤツヤと光っている真珠のような菜美のクリトリスだ。

「あんっ！　あんっ！　きゃんっ！　あ、あ、あ……お姉様あああ！　そこダメェ……感じすぎちゃうっ……あああんっ！」

菜美は清香の指先が、かすかに震える度に、電気を通されたように、激しく体をよじり、足先を高く蹴《け》り上げて暴れる。

跳ね上がる菜美の体を、清香はキツく抱き締め、大きく波打つ菜美の乳房を握り締めて

押さえ込む。

「ダメよ、菜美ちゃん……大人しくなさい。もっと触って欲しいんでしょう？　膣内までまさぐって欲しいんでしょう？」

清香は、菜美の股間の膨らみを、グッと掴《つか》むかの様に、強く掌を押し当てる。

真っ赤に火照って、汗と蜜でテラテラと光っている菜美の内股を、押し当てた手の親指と小指で押し広げながら、残りの指を揉みしだくように蠢《うごめ》かせた。

「あっ、あっ、そうですっ……して欲しい……お姉様ぁ……はぁ、はぁ……んはぁ！」

清香の指の間から、透明な蜜がブチュブチュと搾り出されて、清香の太股に滴り落ちて、ネットリとした湯気を立てる。

清香は、そのまま、掌いっぱいに溢《あふ》れ出した菜美の蜜を、菜美の股間に擦り込むように、ヌルリ……ヌルリ……と手を上下させる。

擦り上げて掌の付け根で菜美の下腹を押さえ、かすかに覗《のぞ》くヴァギナに指先が届くほど奥まで滑り込ませた。

「菜美ちゃんのココ、もうグチョグチョね……ビクビク震えて、トクン、トクンって脈打ちながら、いやらしいお汁を吐き出してるわ……」

清香が、噴きこぼれる蜜を押さえつけるように、プックリと膨れ上がったヒダの間に中指を押し当てる。

中指の左右にはみ出したヒダを、人差し指と薬指で、キュッと挟み込み、指の間でよじり、捏ね回す。

中指の付け根で、尖って剥《む》き出しになったクリトリスを押し潰し、コリコリと転がす。

そのまま押し当てた手を上下にゆっくりと動かして、擦り上げる度に、中指を少しずつ曲げて、ジワジワとヒダの間の柔らかな肉に食い込ませていった。

菜美が、髪を振り乱し、頭を大きく仰け反らせたまま、反り返った細い喉を鳴らして、短く鋭い吐息を漏らす。

喘ぎ、わななく舌が見えるほど、ポッカリと開けた唇の端から涎《よだれ》を垂らして叫ぶ。

内股を引きつらせながら、股を大きく開いて、股間に当てられた清香の手にヴァギナを押しつけるように腰を突き出し、尻を振って擦り上げる。

「お願い、菜美のオマ○コに、お姉様の指、突っ込んでぇ！　菜美のオマ○コ、お姉様の指でグチョグチョにしてぇ！」

「あら、もうとっくの昔にグチョグチョでしょう？」

親指と小指を、股と内股の間に食い込ませ、人差し指と薬指で、ヒダを捏ね回しながら押し広げ、その間に露わになった、トロリとした、ゼリーの様な肉に、中指をグッと押し当て、擦りながら、ジワジワと曲げていく。

蜜に覆われてプックリと膨らみ、ヒクヒク激しく動いている肉に、細く尖った鉤《かぎ》の様に曲げた中指の先を食い込ませ、キュッ……キュッ……と捏ね上げるように掻きむしり、小さく窄《すぼ》まった入り口を探り当てる。

ビクッ……と、小さく体を震わせて、背中を仰け反らせる菜美。その突き出された胸を、押さえ込むように掴んで、清香は揉みしだく。

そして、中指の付け根で菜美のクリトリスを転がしながら、曲げて押し当てたその先端を、ゆっくりと菜美の膣内へと沈めていった。

「あっ、ああんっ！　そんなにしたら、菜美、菜美、すぐにイッちゃいますうっ！」

深く突き挿れられた清香の中指がグッと思い切り曲げられ、菜美の内側を掻きむしっているようだ。

清香の掌が菜美を押さえて、捏ねまわす。

中指の付け根に膨れ上がったクリトリスが押し潰され、転がされているのがはっきりと判る。

清香の太股の上で、何度も大きく跳ね回る菜美。震える腕で、清香の体にしがみ付いた。

清香はまったく構う事なく、中指を更に激しく動かして、菜美の体を躍り上がらせた。

「いいのよ、思い切りイキなさい。私の腕の中で、私の指で……たっぷり、菜美ちゃんの可愛い声を聞かせてちょうだい……」

菜美は、歯を食いしばり、唇を噛んで、高く浮き上がらせた体を小刻みに震わせる。

「あああ！　お姉様、お姉様あああ！　菜美ね、菜美ね、イクの、イッちゃうの……お姉様の指で……イクッ……イクうっ！」

ほとんど、清香に、中指一本で持ち上げられているようだ。

菜美が仰け反り、波打つ白い喉を見せて、悲鳴をあげた。

そのまま、菜美の体は凍りついたように固まって、何かをうわ言の様に呟きながら、ビクン……ビクン……と、小さく震える。

やがて菜美は、ほうっと、大きく一つ息を吐いて、力の抜けた体をペタンと、清香の太股の上に落とした。

「菜美ちゃん……可愛いわ……とっても可愛いわよ……」

清香はグッタリとした菜美の体を抱き締めて、唇をむしゃぶるように重ねる。

「はあ、はあ……ん、んっ……お姉様あ……大好きい……んふう……」

ビデオの中の二人は、いつまでも飽きる事なく、お互いの唇を貪るように吸い続けた。

「レズってる事はともかく、『ボイラー室に連れ込む』だって？　クソッ、何を企んでやがる……」

眉間《みけん》にシワを寄せ信也は吐き捨てるように言った。

「多分、信也君の想像通りだと思うよ……」

大介も浮かない顔だ。その隣の洸も口を一文字に目を瞑《つぶ》り何かを考えている。

「男達に、その紀子とかいう女子を襲わせよう……っていうのか？」

「うん……あくまで想像だけどね」

判りきった問い掛けに大介は仮定的に答える。

「……でも、そんな話に乗って、言いなりになる男がいるのか？」

学園内で女の子を襲うなんてリスクが大き過ぎる。そうそう言いなりになる輩《やから》がいるとは思えない。

少し間を置いて信也が閃《ひらめ》いたように口を開いた。

「あ！　ほら……数日前に観た、菜美と野郎共のビデオ……あれに映っていた奴等っていうことは考えられないか？」

「そうか……そうだな、あいつらならやりかねないな」

俺たちは菜美の乱交を思い出して、胸焼けを起こしたようなむかつきに襲われ、げっそりとしてしまう。

「それより、今日は誰の調査をしたらいいんだい？　やっぱり、冴枝と光ちゃん？」

大介が気を取り直したように今日の調査の指示を仰いできた。

「いや、冴枝と光の調査はもういい。清香と菜美を重点的に調査しておいてくれ」

「わかったよ。でも、どうして冴枝と光ちゃんの調査はいいんだい？」

俺は大介に何も答えずに部室に背を向けた。

「待てよ、正義！　お前……まさか……」

俺の背中に信也の声が突き刺さる。

「ああ、制裁は俺一人でする」

「どういうことだよ！　僕たちだって……」

洸も大介の言葉に合わせて首を縦に激しく振った。

だが、感情に任せて弓を制裁した俺は、もう後戻りできない罪人だ。

こいつらの気持ちはわかっているつもりだ。

こいつらは俺に言われた通り調査をして、それを俺に報告しているだけだ。

もしも、俺たちがしている事が明るみに出たとしても、大した罪には問われないだろう。

「水臭いぞ……俺たちにも……背負わせてくれよ……」

信也が涙混じりの声で、訴えかけるように呟いた。

こんな事を言ってくれる友達を、俺は引きずり込んだ。

俺が言い出さなければ、みんな、裕子先生の死を乗り越えていただろう。

ならば、せめて、一番汚いことは俺がやる。

ここまで関係させておいてこんな考えは偽善かもしれない。

でも、ギリギリの所で俺が俺でいるために、俺の決意は変えられない。

「そうだな……水臭い……でも……判ってくれ……」

俺はそれだけ言って、部室を後にした。心でありがとうと呟きながら。

第四章　制裁

夕暮れの乾いた風が俺の頬《ほお》をなぞる。

屋上の風は少し冷たい。

もう、これ以上、二人を見過ごすわけにはいかない。

俺が今からしようとしている事。裕子先生はきっと悲しむだろう。

でも、それでも、俺はもう、じっとしていられない。

俺は裕子先生が落ちた場所に背を向け、一人であの二人が居る場所へと足を進めた。


俺は更衣室でボクサートランクスタイプの水着に着替え、カバンの中から親父《おやじ》の形見である手錠を水着の尻に挟む。

大介のビデオからのプリントアウトを手に、プールサイドに出た。

冴枝と光は二人きりでプールを使っていた。他の連中はいない。

恐らく、光の体を使ってプールを私物化しているのだろう。

「よお、一条……可愛《かわい》い後輩と二人っきりで個人指導かい？」

わざとヘラヘラと下品に笑い、なれなれしく話し掛けながら、プールサイドを歩く。

冴枝の引《ひ》き締《し》まったプロポーションを、ぴったりした競泳用水着がはっきりと浮き上がらせている。

濡れた生地が、ツンと尖《とが》った胸の凹凸や贅肉《ぜいにく》のかけらも無い下腹に貼《は》りつき、静かな息遣いにゆっくりと波打ちながらテカテカと光っていた。

光もまるっきり子供の体型という訳ではなく、そこそこ肉は付いてきているのだが、冴枝と並ぶとどうしても幼く見える。

厚ぼったいスクール水着姿だから、なおさらだ。

だけど小柄で丸っこい体はマシュマロの様にフワフワと柔らかそうで、肌もスベスベできめが細かく、女としての色香も持ち合わせているように思える。

「何をジロジロ見て……妙な目つきで私を見るな。早く出て行け」

小さな肩を更に丸めて俺を怯《おび》えた目で見上げている光を背中に庇《かば》いながら、冴枝が声を上げる。

「確かに、貸切は気持ちがいいだろうが……水泳部の奴等《やつら》さえ追い出して、何をやっているんだ？」

冴枝は答えようとしない。震えている小さな肩に手を置いて光をなだめながら、こちらを睨《にら》み続けている。

「……根岸先輩。一体、何しに来たんだ？　何が言いたい？」

「何をしに来た？　何が言いたい？　じゃあ聞かせてもらおうか、こんな事をしてるのは、水泳部の連中に言う事を聞かせて、プールを貸切にして、それだけの為《ため》じゃないよな？」

プリントアウトの束を、ジッと俺を睨みつけている冴枝に向かって放り出す。

冴枝は、足元にばら撒《ま》かれた紙にチラリと視線を落として、サッと顔色を変えた。

「え……ええっ？　嘘《うそ》……嘘っ……こんな……こんなの……どうしてっ……」

散らばった紙にハッキリとプリントされている、冴枝と自分の痴態を目にして、光はうろたえるばかりだ。

冴枝は光をしっかりと抱き締め、俺をものすごい目で睨みつける。

「驚いたよ、水泳部のエースが、光を使って不正をやってるなんてな……その上、レズビアンの男役だったなんて」

「だから、何なんだ？　光は私の事好きだし、私も光の事が好きだ。それがなんだと言うんだ？」

俺は冴枝の水着の肩紐《かたひも》を掴《つか》み、胸座《むなぐら》を締め上げる。

「光がお前の事好きなのを利用して、自分のために、光に体を汚させて……何が、私も光の事が好きです、だ！　よく言えるな！」

「やめてっ！　先輩には関係ないですっ！　あたしが何をしたって……冴枝先輩はっ……」

光は、冴枝の胸座を締め上げる、俺の腕にすがりつく。

俺に縋《すが》りつく光を振り払い、冴枝を突き飛ばした。

「裕子先生は知っていたのか？　お前達がやっていた事を……」

冴枝が息を整えるのを待って再び問い詰める。

裕子先生の名前が出たせいか、二人の表情がわずかに緩んだ。

「裕子先生？　ああ……どうかな。時々話した事はあるけれど、具体的に、どこまで知っていたかは判らない」

「どこで話をした？　ココか？　校舎の屋上か？」

「何で屋上なんかに行かなくちゃいけない？　そもそも、一体何の話をしてるんだ……何をしにココに来たんだ？」

とぼけているようには見えない。裕子先生は半ば二人の悪事に気付いていて、何とか助けようとしていたのに、こいつ等は何も話さなかった、といった所か。

その程度しか裕子先生と関《かか》わっていないのなら、この二人は事件とは無関係だろう。

しかし、裕子先生がこの二人を救おうとしていた事は事実だ。

それなのに、コイツらは何事も無かったような顔をして、悪事を止めようという素振りすら見せない。

これじゃ裕子先生が報われない。俺の腹の奥に、静かな怒りがジワジワと湧《わ》いて来た。

プールサイドに座り込んで震えている二人に、ゆっくりと歩み寄る。

「冴枝……このままじゃ、光はボロボロになっていく……お前はそれでいいのか？　光もこんなことが冴枝のためになるわけが無いことぐらい判っているだろ？」

「何を偉そうに！　あんな盗み撮りなんかしておいて……」

冴枝が言う事はもっともだ。俺達のしていることは正義なんかじゃない。

「ああ……そうだよ。その通りだ。俺も下衆《げす》な男だ……お前達を改心させたくても、こんな事しか出来ないんだよ！」

俺は叫んで冴枝の腕を捻《ひね》り上げ、光の腕を掴んで、二人を手錠で素早く繋《つな》ぐ。

「やっ……何、何これっ……何するの……先輩っ！」

「……お前達を、制裁してやるんだ」

俺はプールサイドに仰向けに寝そべり、怯えている光をちらりと見てから、トランクス型の水着の紐を解き、一気に脱ぎ捨てる。

冷えて縮んだペニスが、ダラリと濡れたプールサイドに垂れ下がった。

「冴枝、こっちに来て、俺のモノをしゃぶって、勃《た》たせて貰《もら》おうか？　俺の上に四《よ》つん這《ば》いになって、咥《くわ》えるんだ。逆らえばどうなるか……判るだろ？」

冴枝は一瞬、何を言われたのか理解出来なかったようだ。しかしすぐに、湧き上がる怒りに顔色を変える。

「くっ……何を言い出すのかと思ったら、そういう事かっ！　……この下衆っ！」

手錠をかけられた手を握り締める冴枝。光と繋がれていなければ、とっくに俺に飛び掛っているだろう。

俺は冴枝を煽るように、わざとヘラヘラ笑って見せる。

「結局、それが目的なのかよっ！　何が制裁だっ……何が改心しろだっ……よく……偉そうに言えたもんだ……この、偽善者っ！」

冴枝には俺が楽しんでやっているように見えるだろう。こんな恥知らずな真似、イヤでたまらない。

自己嫌悪を悟られないよう必死に平静を装い、吐き捨てるように言う。

「つべこべ言ってないで、さっさとしゃぶったらどうなんだ？　ほら……早く！」

俺は冴枝と光に向け、思いっきり股《また》を広げて、玉袋の裏からアヌスまで見せつけてやった。本当は、顔から火が出そうなほど恥ずかしい。

「あたしがします！　あたしがしゃぶります……だから、冴枝先輩を放して下さいっ！」

血が出るほど唇を噛《か》み、歯を食いしばって震えている冴枝に代わって、光が叫んだ。

「先輩のオチ○チンでも、お尻の穴でも、言われた通りにしゃぶります！　あたしの体、お口だけじゃなくて、オマ○コでも、お尻の穴でも、好きにしていいです！」

怒りに強張《こわば》っていた冴枝の顔が、驚きに変わった。目を見開いて光を見つめる。

何か言おうとして口をパクパクさせるが、言葉にならないようだ。

「だから冴枝先輩には、何にもしないでっ！　お願い……お願いですっ！」

「光！　光っ！　もういい！　もういいっ！」

叫び続ける光を見て、感極まったと言った様子で、冴枝は光を思い切り抱き締める。

「いいよ、光……私がする。光……見ていてくれる？」

冴枝の顔からは、さっきまでの怒りの色はすっかり消えて、泣きじゃくる光に、穏やかで優しげな微笑さえ浮かべている。

「つまらない茶番はいいから……さっさと咥えろよ」

俺は光を愛《いと》しそうに抱き締めている冴枝を目一杯睨みつけながら命令した。

「判ったよ……く……咥えるぞ……クソッ……咥えてやるっ……咥えてやるよっ……」

冴枝は仰向けに寝そべった俺の顔をちょっと躊躇《ためら》って、またいだ。

俺の目の前に、鋭く食い込んだ競泳用水着の股間《こかん》が突きつけられる。

そして、だらりとしている俺のペニスを冷たい指先で汚らしそうに摘み上げ、ブヨブヨの亀頭を薄く形のよい唇で包み込んだ。

「ほら、光……大好きな先輩が、下衆な男のチ○ポ咥えてる顔、シッカリ見ててやれよ」

冴枝はグミキャンディーを舌先で転がすように、亀頭を舌と上あごで捏《こ》ねくる。

不器用で焦《じ》れるような舌の動きで俺のペニスに徐々に血液が流れ出す。

冴枝の中で俺のペニスは膨れ上がるが、まだまだ刺激が足りず、いわゆる半勃ち状態だ。

「下手糞《へたくそ》だなぁ……やっぱり光にお願いすれば良かったかな？」

俺の言葉に、冴枝は激しく舌を動かし、なんとか俺を勃起《ぼっき》させようとするが、男のモノをしゃぶったことが無いのだろう。ただ乱暴なだけだ。

「やっぱり光にさせるか……冴枝、お前は光が俺にメチャクチャにされるの見てオナニーでもしてろ」

冴枝は、俺のペニスを口からだらりと零《こぼ》し、屈辱に体を震わせながら、ペニスを握り締めた。

「ううう……う、うっく……畜生……畜生っ……う、う、う……」

冴枝の形のよいヒップが俺の目の前で小刻みに震えている。

「根岸先輩！　冴枝先輩を苛《いじ》めないで下さいっ！　あたしも、します……冴枝先輩と、一緒にしますから……」

見かねた光が叫ぶ。冴枝が拒むより早く、光は、俺のペニスを咥え込んだ冴枝の唇にしゃぶりついた。

舌を伸ばし、俺のペニスの腹を舐《な》め上げて、そのまま冴枝の上唇を舐め、小さな口をいっぱいに開いて、俺のペニスごと、冴枝の唇を咥え込む。

「ん……ん、ん……冴枝先輩……冴枝先輩と一緒に……一緒にっ……んく……」

光は俺のペニスを咥えたままの冴枝の唇にむしゃぶりつき、ディープキスを求めるように舌を躍らせる。

今まで散々、男達に体を提供してきただけあって、光のテクニックは彼女の容姿に似つかわしくないものだった。

冴枝の舌も、光にリードされるように、裏筋や鈴口といった性感帯を上手《うま》く捕らえ始める。

光も冴枝も美少女だ。こんな二人に同時にペニスをしゃぶられれば、いつもの俺ならばもうとっくに勃っているだろう。いや、既に達しているかもしれない。

「……そんなんじゃ、勃たないな」

それもそのはずだ。俺はきづなの事や裕子先生の事などを考え、自分を戒め、勃たたせないように努力している。

「そうだ、冴枝、オマ○コ見せろよ。そうすりゃ、少しは興奮できるかもな」

俺は冴枝の股間に張り付いた股間の筋を指でなぞる。

「さ、触るなっ！　み、見たけりゃ、勝手に見ればいいだろっ！」

触られるのがよっぽど嫌なのか、冴枝はペニスから口を離して声を荒げた。

「だったら、お前が頼んでみせろよ。私のオマ○コを見てチ○ポを大きくして下さい……ってな」

股間を隠す布地の横から指を滑り込ませて、そっと撫《な》でる。

「早く言えよ、じゃないと光に責任とってもらうぞ。それでもいいんだな？」

「う、ううっ……お願いします……私の、お、オマ○コ見て下さいっ……私のオマ○コ見て、チ○ポ……大きくして下さいっ……」

冴枝は覚悟を決め、カリカリと悔しさと恥ずかしさに歯をくいしばりながら、搾り出すような声で呻《うめ》く。

「よしよし、よく言ったな……今から冴枝のオマ○コを見てやるとするかな」

俺の顔の真ん前で、ユラユラと揺れている、競泳用水着のハイレグ部分を指先でキュッと捲《めく》る。引き締まった内股が、ビクッと震えた。

俺の目の前に剥《む》き出しになった冴枝のオマ○コが曝《さら》される。

幅が狭く盛り上がっている肉はきつく閉じ合わさって、微《かす》かに顔をだすヒダはツヤツヤとし、皮膚と見分けがつかないほど、色の沈着の無い冴枝のオマ○コはまるで幼い少女のようだ。

「なんだ、全然ヒダが見えないぞ。埋もれてるのかな？　こんな所にまで筋肉つけてるのか。どれどれ……」

指で、膨らみの片側を押さえて、押し開こうとするが、

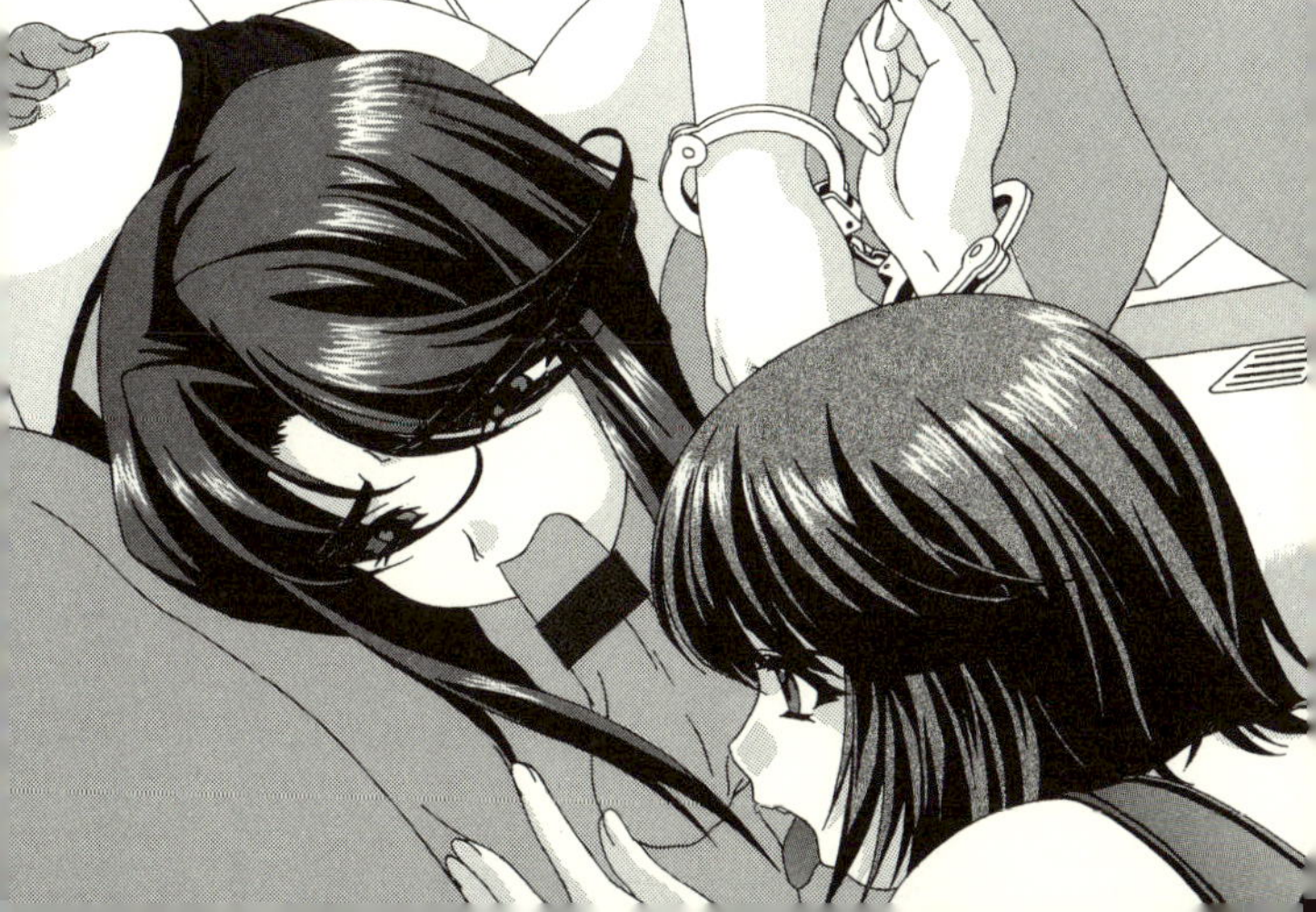

きつくて開かない。

冴枝の、引き締まった張りのある尻をちょっと撫でて、掴む。親指をヴァギナの左右の膨らみに食い込ませて、グッと開く。

熱い粘膜を冷たい外気と俺の視線に曝されて、冴枝はくぐもった声を上げた。

透明な蜜《みつ》に覆われてぬめり光っている肉を、ヒクヒクと蠢《うごめ》かせる。

冴枝の粘膜肉はヒダよりも更に色が薄い。透き通って見えるほどだ。

冴枝の蜜は指を絡めとるほど濃く、その肉は更にプリプリして腰が強い。

そして、小さなヴァギナはそれを被《おお》う薄い膜がある。間違いない、冴枝は処女だ。

ドクンドクンと心臓が高鳴り、そのたびにペニスへ血が流れ込んでいく。

勃起した俺のペニスの先端は冴枝の喉《のど》の奥を突き上げた。

「うえ……た、勃ったんならもういいだろ！」

冴枝はえずきながら、勃起した俺のペニスを口から吐き出す。

「ああ、もうしゃぶらなくていい」

俺は、冴枝の体を押しのけ起き上がると、二人から手錠を外した。

冴枝の表情に安堵《あんど》が浮かぶ。それに対して光は不安で一杯の顔をしている。

沢山の男に抱かれてきた光には判っているのだろう。男の欲望というものが。

「水着を脱いでそこに横になれ」

　冴枝の安堵の表情は俺の一言で絶望に変わった。その傍らで光はやっぱりと言う顔をする。

「なんだよ……ま、まだ……まだ何かするつもりなのかよっ！」

「チ○ポが勃ったぐらいで満足する男が何処《どこ》にいる？　これからが本番だ」

　立ち上がった俺は両手を腰に当て、勃起したペニスが目立つように腰を少し突き出す。

「は、はいっ……脱ぎます……脱ぎますから、お願い……酷《ひど》い事、しないで下さい……」

　従順に従う癖がついてしまっているのだろう。自分に言われたとでも思ったのか、光は、モゾモゾとスクール水着を脱いだ。

「俺は別に構わないぜ？　お前が、このまま光を置いて帰ってもな……光に、お前と光、二人分の制裁を受けてもらうだけだ」

　水着を脱ぐ気配の無い冴枝にニヤニヤと狡猾《こうかつ》な笑いを向けた。

「黙れ！　もう、私は光一人に、嫌な思いさせるなんて、もう……出来ない……」

　冴枝は、俺がまだ何も言わないうちに、自ら競泳用水着を脱ぎ始めた。乱暴に、今にも引き裂きそうな勢いだ。

　やがて、冴枝の体が、俺の前に剥き出しになる。

　胸の筋肉に内側から押し上げられているみたいに、わずかの緩みもなく張った乳房、贅肉のかけらも無い、滑らかな下腹、切れ込んだ股、鋭角に盛り上がっている足の間の膨らみ、綺麗《きれい》に整った陰毛。

長身と相まって、まるで彫刻のような、芸術的な美しさだ。思わず溜《た》め息が出そうになる。

俺はわざと下卑た目で、鍛え上げられた冴枝の体を眺め回す。冴枝は隠そうともせず、俺を睨みつけながら、光を抱き締め、守るように、俺に背中を向ける。

俺は、抱き合った二人の手を取って、再び手錠をかけた。

「そこに横になれ」

二人は俺に命じられるまま、ノロノロとプールサイドに横たわる。

ペタンと尻餅《しりもち》を付くように座り込み、仰向けにゆっくりと寝転がる光の上に、庇うように冴枝は四つん這いになった。

重なり合った股間が目の前に曝される。

「ハハハッ！　いい眺めだぜ……さて、どっちに挿《い》れようかな」

俺の下品な笑いと共に、ペニスがピクンピクンと跳ねるように動く。

「何思わせぶりな事言ってるんだ！　私を犯すつもりなんだろ？　とっとと済ませろ！」

「よく判ってるじゃないか」

今度は、冴枝の尻の割れ目に掌《てのひら》を滑らせ、伸ばした指先でヒダを嬲《なぶ》り、からかうように耳元に息を吹きかけながら囁《ささや》いてやる。

そっと指で冴枝の小さなヒダを押し開き、ヌルヌルとぬめる小さな穴の空いたヴァギナへ舌を滑り込ませる。冴枝のオマ○コは微かに塩素のにおいがした。

「うっ……ううう……畜生っ！　とっとと、私を犯せっ……このインポ野郎っ！」

「オイオイ、そんな言い方ないだろ？　もっと色っぽく、おねだりして欲しいもんだな」

怒りと屈辱に肩を小刻みに震わせ、冴枝は歯を食いしばる。

「くっ！　……私……私を、犯して下さい……ううう……私の……おっ……オマ○コに、チ○ポ、挿れて下さいっ……」

冴枝は食いしばった歯の間から、屈辱的な言葉を呻き声とともにしぼり出した。

俺に向かって、震える尻を高く上げ、差し出しながら、仰向けに横たわった光を、力いっぱい抱き締める。

俺は引き締まった冴枝の太股の付け根辺りの肉を両手で掴み、左右に広げた。

きつく窄《すぼ》まってヒクヒク動いている小さなアヌスと、ヴァギナが剥き出しになった。

ペニスの竿《さお》を握り締め、テロンテロンとした冴枝の濃い粘液を、赤黒く張った亀頭を小さな肉の穴に突き当てて捏ね回す。

絡み合う汚れた汁が、ニチャニチャといやらしい音を立てた。

「吸い付いて、俺のペニスの汁、美味《うま》そうに啜《すす》ってるぜ……そら、挿れてやるぞ……」

きつく窄まった冴枝の入り口の肉を押し広げながら、ゆっくりと俺の亀頭は冴枝に飲み込まれていく。

「ひいっ！　い、嫌あああ！　あああっ！　光っ……光ううっ……うあああ……」

冴枝が悲鳴を上げて光にしがみつく。俺はその背中の上に身を乗り出すようにして、ジワジワと腰を落とす。

「ぎゃあああああっ！　うわあああああ！　あ、あああっ……あああああああっ！」

ぶちぶちぶちと肉が弾《はじ》け、裂けるような感触と共に俺のペニスは冴枝の奥へ奥へと侵入していく。

「せ、先輩っ！　冴枝先輩いいいっ！　ああああああっ！」

光までが、まるで自分が犯されているかの様に泣き叫ぶ。

「どうだ？　俺のような下衆に女にしてもらった感想は？　最高だろう……ククク……」

俺は引きつる冴枝の膣《ちつ》を後ろから犯しながら、いやらしく耳たぶを噛んだ。

「あううう……うぐ、ぐ、くう……は、はっ、はあっ、はあっ……あぐうっ！」

冴枝は俺にはむかう余裕さえなく、ただ股座《またぐら》を襲う痛みに訳の判らないうめきを上げるだけだ。

冴枝の中はズキズキと傷口の様に脈打ち、引きつる膣内から、ジュクジュクと熱くぬめるものが滲《にじ》み出してくる。

お互いを揉《も》みしだくようにピッタリと貼りついて擦《こす》れあっている、冴枝の入り口の肉と

俺のペニスの間を、それがヌルヌルと流れて通り抜け、大きく広げられた真っ白な光の内股に、ボトッ……ボトッ……と、真っ赤な血が斑点《はんてん》を付けていった。

「それにしても、派手に血ぃ出したなぁ……光の股まで血まみれだ……」

「うう……ひ、光ううっ……光ううっ……痛い、痛いようっ……あああ……」

冴枝は幼子のように泣きじゃくり、痛みを口にした。気丈な冴枝とは別人のようだ。

「冴枝先輩……大丈夫、大丈夫だから……ね、抱き締めて。あたしを抱き締めてっ……」

ボロボロと涙を流しながら破瓜《はか》の苦痛に体をよじり、光に甘えるようにしがみつく。光は涙に濡れた冴枝の頬に何度も唇を押し当てながら、ギュッと抱き締めた。

貫かれた衝撃に、激しく波打っている冴枝の下腹に、光は腰を高く上げて、そこに自分の下腹を擦りつけ、ビクン、ビクンと小さく跳ね上がる冴枝の体を抱き締める。

「まだまだ、これからだからな」

俺は心を鬼にして、破瓜を迎えたばかりの冴枝を容赦なく、激しく突き上げた。

「ぎゃっ！　うぎゃっ！　ああぐああっ！」

冴枝は俺に突かれるたびに、ガマ蛙《がえる》が潰《つぶ》されたような鳴き声を上げ、光はそんな冴枝を見てただただ泣くじゃくっていた。

冴枝の膣内は狭く、全身の筋肉を鍛えているせいか、締めつけも激しい。

入り口はペニスの根元をねじ切りそうなほど締めつけ、奥は亀頭をよじって絞り上げる。

押し潰され揉みしだかれた俺のペニスは、今にも破裂しそうにズキズキと脈打つ。

「おっ、ううっ……イキそうだぞ。どうだ、判るか？　冴枝っ！　お前の膣内で、俺のチ○ポがビクビクしてるだろ？　ええっ？」

俺の腰の奥から、ドロドロした熱いモノが次第に沸《わ》き上がって来る。

「や、やだ……駄目っ、そんな、中になんて……やだっ！　抜いて……抜いてぇっ！」

熱い塊が、はちきれそうな亀頭をズキズキと脈打たせ、先端の穴を大きく押し広げながら通り抜ける。

俺は冴枝の奥の奥までペニスを突き刺した。

その瞬間、俺のペニスは大きく脈打つ。

どくっ……どぷっ……びゅるるっ！

「あっ！　ああっ！　いやっ！　いやぁぁっ！　助けてぇっっ！」

冴枝が膣の奥で俺の精液を受け止めながら、悲鳴を上げる。

「これまで、光がされて来た事だ……好きでもない男の精液を、体の奥に流し込まれる感覚、しっかり味わえ！」

びゅく、びゅく……どぴゅ……どくんっ……。

俺は下腹部に力を入れ、最後の一滴まで精液を冴枝の中に搾り出す。

全《すべ》て吐き出した俺のペニスは冴枝の膣内で硬さを徐々に失って行く。

俺は力を失ったペニスをゆっくりと冴枝から引き抜いた。

ぽっかりと開ききった冴枝のヴァギナから、破瓜の血と俺の精液が混ざり合った、薄い桃色の粘液がドロリとこぼれ出す。

俺は気力を使いはたして、しばらくの間だらしなく尻餅をついたままボンヤリしていた。

ようやく腰を上げて手錠を外した時も、冴枝と光はお互いの手をシッカリと握り合い、指を絡ませたままだった。

俺は制裁と称して、裕子先生の死に関係ない二人を強姦《ごうかん》してしまったのだ。

弓を犯したときのような罪悪感や後悔などではなく、ただ、自分の重ねてしまった罪が重くのしかかる。


今日は土曜日だ。

今日もしおりが朝食を作りに来てくれていたみたいだったが、俺は摂《と》らずに家を出た。

昨日の制裁から時間が経《た》ち、冷静さを取り戻していくにつれて、制裁が明るみにでないだろうかと不安になる。

お陰で夕べは眠れなかった。

この期に及んで、自分を守りたいという考えに反吐《へど》が出そうだ。

フラフラとした足取りで写真部の部室へ向かった。

いつもと三人の様子が違う。

「どうしたんだ？　そんな辛気臭い顔して」

「正義……今日は遅かったな」

信也の眉間《みけん》にシワが寄っている。

「正義君……実はさ……」

大介の顔も曇っていた。俺が一人で冴枝と光を制裁したことを根に持っているのだろうか。

「望ちゃんに……調査を中止しろって、忠告されたんだよぉ」

大介の言葉に心臓が高鳴り、頭の中が真っ白になった。膝《ひざ》がカクカクと笑う。

どうして望が俺達の調査の事を知っているんだ。

俺達が一斉に弓を調べ、それから毎朝、写真部室に集まっている。

それで、望に勘付かれたのだろうか。

いや、それよりも、調査を中止しろとはどういう意味だろう。

望が真犯人を知っていると、いうことなのだろうか。

それとも、望本人が真犯人ということなのだろうか。

それにしてはリスクが大きすぎる。一体、望は何を考えているのだろう。

いずれにしろ、忠告してきた以上、俺たちの調査にとって望は好ましい存在ではない。

だが、俺達の調査は一歩ずつではあるが核心に近づいているという事かもしれない。

「そ、そうか……い、今まで以上に慎重に調査を進めないといけないな……」

俺の震えた声にゆっくりと三人は頷《うなず》いた。

今さら調査を中止することなんて出来ない。

「それで……昨日の調査のことだけど……何か判ったことはあったか？」

俺はすぅっと深呼吸をし、気を取り直して、調査のことを切り出した。

意外なことに、寡黙な洸が真っ先に口を開く。

「清香……店に……防犯カメラに記録有り。一年の女子が同行……」

洸の実家はアダルトショップだ。女生徒が出入りしていること事体、ただごとではない。

「……どんな用事で来たんだ？」

「ビデオ……持ち込み……この学園の女子……輪姦モノと思われる……」

「……なんだって？　……で、ビデオは？」

先日見たビデオの中の清香と菜美の会話から、紀子という女子生徒のことが思い浮かぶ。

「犯罪に関わりそうなビデオだったために、買取を拒否。女子および男の確認は不可能
……」

「確かに、この学園の生徒だったんだな？　持ち込んだのは清香なんだな？」

洸は静かに頷いた。

「こっちも、とんでもないシーンが撮れちゃったよ」

大介が口を挟む。どうやら、仕掛けておいたビデオに上手く引っ掛かったらしい。

「見てたら、だんだんこの二人に、腹が立って来てさ……」

「へえ？　そりゃまたどうして」

「見てもらえれば判るよ」

大介の持ってきたビデオに映し出された清香は、普段の清楚《せいそ》なお嬢様ぶりからは想像できない姿だった。

黒いレザーのビスチェ風の下着に、同じ素材のショーツ。そのショーツの股間からは巨大なディルドーがそそりたっている。

浮き出た血管までリアルに造形された巨大なペニスは黒く、エナメルの様な質感で、油でも塗られているかの様にヌメヌメと光を反射していた。

お嬢様というよりも、ＳＭの女王様のようだ。

良く見ると人造ペニスの付いた黒いレザーショーツは清香の股座にわずかなスペースを作っている。

そのスペースから微かに覗《のぞ》く清香のヴァギナに棒のようなものが深々と突き刺さっていた。

おそらく、レザーショーツの裏地にもディルドーがセットされているのだろう。

全裸の菜美は清香のレザーショーツの股間からそそり立ったディルドーを愛しそうに舐めしゃぶっていた。

「……あはあ……美味《おい》しいです。お姉様のチ○ポ、美味しいですぅ……」

菜美はペチャペチャと舌で唾液《だえき》をディルドーに絡ませる。

真っ黒でたくましい人造ペニスに菜美の桜色の舌が映える。

「菜美ちゃん……この間話してた事は、どうなったのかしら？　紀子を輪姦するって話、上手くいった？」

微笑《ほほえ》みながら、ベタベタに濡れて震えている、菜美の唇を指先でそっと拭《ぬぐ》う。

「上手くいったら、ご褒美に……って約束だったでしょう？　菜美ちゃん……」

菜美は鼻を鳴らして、子犬の様な声を上げる菜美は、ご褒美、という言葉に、顔をパッと輝かせた。

「きゃうん……お姉様……それなら、上手くいきました」

頬に当てられた清香の手に、気持ちよさそうに顔を擦りつけながら、顎《あご》を上げて指先でくすぐられる事をねだる菜美。

清香は、本当の子犬を撫でるように、菜美の喉をくすぐりながら、ニッコリ笑う。

「ん……いいわよ。どんな風に上手くいったのか、詳しく聞かせてちょうだい……」

「あの女、処女だったの。スッゴイ悲鳴あげてた……潰される豚《ぶた》みたいに汚い声。気持ち悪くなっちゃいました……」

菜美は顎の下をくすぐる清香の指に、ウットリとしながら、瞳《ひとみ》を今にもとろけそうに潤ませている。

清香は満足そうに、菜美の頬を掌で撫でながら、いとおしげに頬を染めている。

「あの女、途中で気絶しちゃって……ちょっとつまんなかったです」

清香が、片眉《かたまゆ》を上げて、ちょっと訝《いぶか》しむような顔をして手を止めた。

「後々面倒になるような事は無かったかしら？　放っておけばあのケダモノども、後先考えずに好き勝手するでしょう？」

「あ、あん……止めないで……それは、大丈夫です……こないだ抜いてやったばっかりだったし……」

菜美は、ちょっと慌てたような声を上げた。

それから、苦笑いの様な、照れ笑いの様な、複雑な表情で清香を見上げて首を傾げる。

「まあ。構わないでしょう……ビデオに残すのならまだしも、あの人から黙らせるように言われていただけですし」

この間のビデオと同じだ。

清香の言葉に、また『あの人』が出てきた。一体、あの人とは誰《だれ》のことなんだろうか？

「ご褒美をあげなくちゃね。私も……菜美ちゃんにご褒美をあげたくて、ウズウズしてたのよ。ふふふっ……」

菜美は清香の言葉に、そそくさと壁に手をつき、尻を差し出す。

「は……早くご褒美くださぁい……」

菜美は足を大きく開き、モジモジとお尻を動かして、清香のディルドーを催促した。

「お姉様。見てぇ……菜美のオマ○コが、お姉様のペニス欲しがってるの、見てぇ……」

菜美のヴァギナから蜜が太ももをつたい、流れ落ちる。

「あらあら、大変ね……菜美ちゃんのオマ○コ、ビクビク動いて、いやらしいお汁をプチュプチュ噴き出してるわよ」

清香はディルドーの竿を握り締め、その先端で菜美の肉の入り口をツンツンと小突く。

「あああっ！　早くっ！　早くぅっ！　お姉様ぁぁ……」

ヴァギナを小突かれるたびに菜美は体を震わせ、尻を左右に振っておねだりをした。

「いやらしい娘《こ》……いいわ、ご褒美よ……菜美ちゃん、オマ○コに挿れてあげる」

清香が、身悶《みもだ》えるようにくねる菜美の腰を両手で掴み、グリグリと蠢いているお尻を、突き出した下腹の上に載せるように抱え上げた。

高く持ち上げられた股間の膨らみに、反り返った人造ペニスの先端を押し当てて、下からジワリと掬《すく》い上げるように、腰をせり出す。

太く巨大なレザーショーツのディルドーが、菜美のヒダを押し開くようにズブズブと、飲み込まれていった。

それから菜美は何度も清香に貫かれ、悦《よろこ》びの声を上げていた。

「くそっ！　本当に輪姦させたのか！」

信也は苛立《いらだ》って、叫びながら部室の机を力任せに蹴飛《けと》ばした。

ビデオの中の二人の会話から、紀子という女生徒が輪姦された事がはっきりと判る。

「あんな状況で、冗談を言うわけは無いよね……腹が立ってきたってのは、その事だよ」

温和な大介さえ、眉間にシワを寄せ、嫌な顔をしている。

そんな大介に洸が耳打ちをした。

「どういうこと？　自分達のためにやった訳じゃないような気がするって？」

そうだ。俺もこの間からずっとそれが引っ掛かっていた。

ビデオの中の清香が時々口にした『あの人』。

俺はもう少し、この二人を泳がせることにした。


土曜日は、授業が午前中しか無いからありがたい。

今日のように精神的に重たい日はなおさらだ。

きづなと一緒に帰る約束をしていたので、俺は急いで教室を出た。

「あら……根岸先輩」

突然、俺は後ろから声を掛けられ、振り返った。

「きゃっ！」

「おわっ！　…………っとっ！」

振り返ると同時に、女の子が俺の胸の中に飛び込んで来る。

とっさに両手でその娘を受け止める形となった。

「もぉー！　突然止まらないで下さいね。止まり損ねちゃったじゃないですかぁー」

「って、し、しおりぃー」

俺の胸の中に収まる形となった娘はしおりだった。

しおりは俺の胸の中で鼻の辺りを押さえ、ちょっと顔をしかめていた。

「ちょっと鼻を打っちゃった……」

「えっ？　鼻を？　どれ、見せてみろ」

その言葉にしおりは、黙って押さえていた手を避けて、顔を俺の目の前に持ってきた。

確かに、しおりの鼻はちょっと赤くなっている。

「もぅ、根岸先輩ったら……そんな、恥ずかしいじゃないですかぁ……」

しおりは何が恥ずかしいのか、頬を赤く染め、もじもじとしだした。

そこで、俺はふとあることに気づいた。

俺達二人の周りにたくさんの人だかりが出来ていることだ。

男女の視線が痛いぐらいに突き刺さる。

俺はこの時点で初めてしおりの顔が間近にあるという、非常に恥ずかしい状態にあることに気づいた。

「あ、いや、これは、その……なんだ……不可抗力、いや違う……事故！　そう事故ってやつで……」

慌てて離れた俺に向かって、しおりはクスクスと笑った。

「もう大丈夫ですから。それよりも明日の約束、忘れないで下さいね」

明日は日曜日だ。確か俺はしおりと約束していた筈《はず》。

「執行部の荷物搬入の件だろ？」

「えぇ、覚えていてくれたのならいいんです。頼りにしてますね」

そう言い残してしおりは鼻をさすりながら、ゆっくりとその場を離れた。

校門から出ると、カバンを持ったまま、大きく伸びをする。

ドンッ、と何かが背中に当たったような気がした。

俺が後ろを振りかえると、何かが寄りかかってきた。

「……遅いよぉ」

俺の胸の辺りに、きづなの頭が力なく置かれる。

いつものきづなならば、遅れた俺に容赦なくローキックを入れているだろう。

きづなの様子がおかしい。

「……何してたの、お兄ちゃん？」

「あ、悪い悪い。下校の人ごみに巻き込まれるのが嫌だったから、少し教室にいたんだ」

「………遅いよぉ………お兄ちゃん、遅すぎるよぉ」

きづなの声に、いつもの元気が無い。

「どうした、きづな？　具合でも悪いのか？」

「ううっ、違うの。お腹が……お腹が……」

グウゥゥゥ……。

大丈夫か？と、俺が問い掛ける前に情けない音が、きづなの腹部から聞こえた。

「まさか……空腹で死にそう……だと？」

きづなは、洸の様に無言でコクコクと頷く。

「ごめんな、遅くなって。忘れてたわけじゃないんだけど……色々あってな……」

「罰として、帰りにチョコレートケーキ買って」

きづながウルウルした目で、俺を見てくる。

「駄目だ。それとこれとは、話が……」

な、なんだ、この胸の辺りに湧き上がる罪悪感は⁉

やめろっ‼　やめてくれっ‼　それ以上、見つめられると……。

「……判った、買う。ノープロブレムだ」

俺の口が勝手にＯＫを出してしまった。

自分のシスターコンプレックスに我ながら呆《あき》れてしまう。

「よしっ！　じゃあ、早く帰ろうよ。あたし、もう、お腹ぺこぺこぉ」

きづなはお腹の辺りを手で擦りながら、元気よく歩き出した。

「あ！　待てよ、きづな」

俺は先を歩くきづなに追いつこうと小走りになるが、きづなはすぐに歩くのを止めた。

学校の帰り道、俺はきづなに明日、しおりの手伝いをするために学校に行かなければならない事を伝えた。

俺はてっきり、駄々を捏ねられるものだと思っていた。

ケーキを一個余分に買わされただけで済んだ。

俺の週末は、しおりの手伝いなどで慌しく過ぎていった。

その慌しさはに俺は助けられたような気がする。

なぜなら裕子先生の事を思い出す時間も、罪悪感に苛《さいな》まれる時間も、少なくて済んだからだ。

第五章　警告

「いてててててっ！」

朝目覚めた時の俺の第一声だ。

全身が軋《きし》むように痛い。

筋肉痛だ。

昨日のしおりの手伝いはかなりハードだった。

しおりの話だと届いた荷物はいつもの二倍近くあり、俺は一人で運ぶハメとなった。

お陰でまだ、酷使した右手に力が入らない。

何を握ってもフニャフニャとした、気持ちの悪い感触がする。

俺は軋む体に鞭《むち》を打ち、着替えを済ませてリビングに下りた。

「ふふっ、おはようございます」

毎日という訳ではないが、最近、根岸家の朝食にしおりがいるのが当たり前になりつつある。

「ふあぁ、おはよぉー今日も可愛《かわい》いね」

俺は頭をぼりぼり掻《か》きながら朝の挨拶《あいさつ》を返した。

「あら、お上手ですね。でも言葉には気をつけた方がいいですよ」

「おーはーよおぉぉぉー」

突然、背後から唸《うな》るようなきづなの声がして、背中を拳《こぶし》でぐりぐりされた。

「おぅ！　きづなか……おはよ」

「何よっ！『おぅ、きづなか』って！　どうせあたしはしおり先輩みたいにおしとやかじゃないですよっ！」

すっかりヘソを曲げられてしまったようだ。

きづなは頬《ほお》を風船のようにぷーと、膨らませている。恐らく、俺は弁当抜きだな。

「いや、すまんすまん。なんのかんの言っても一番はきづなだと思っているから……」

俺はしおりにチラリと目をやる。目一杯、「助けて」という念を込めて。

「今のは先輩が悪いです。ふふっ、わたしは知りません」

傍観者という立場にいるしおりは、くすくすと笑っていた。

登校中、しおりが膨れっ面のきづなの目を盗むように俺にこっそりと、映画のチケットを二枚、渡してきた。

しおりがデートに誘って来てくれたのかと、内心ドキッとしたが、しおりは小声で簡潔に「きづなちゃんと」と言った。

なぜ、都合よく映画のチケットを二枚持っていたのかは判らないが、俺はありがたく頂《ちょう》戴《だい》することにした。

校門できづなとしおりと別れ、写真部の部室へと足を向ける。

いつもの軽い挨拶を済ませ、俺は土曜日の調査報告を聞いた。

「望ちゃん……僕たちのことに気付いてたみたいだから、少し調べてみたんだけど……」

そうだ。望は俺たちに忠告してきた。調査を止めろと。

「何か変わったことがあったか？」

「いや、望ちゃんは変わりなかったんだけど……しおりちゃんが、弓ちゃんと会っていた。ちょっと妙な雰囲気だったな」

大介はうーんと考えながら話し始めた。

妙な雰囲気とはどういうことだろうか。

「しおりちゃんの目つきが、嫌にギラギラしてて……脂ぎったスケベオヤジみたいな顔して……それに、初めてにしては馴《な》れ馴れしい触り方で……触り慣れているような……弓ちゃんの弱い所を知り尽くしているような……」

大介はどう表現してよいか判らないようだ。

「だから、どんな風に？　はっきり言えよ！」

大介の煮え切らない喋《しゃべ》り方に俺は焦《じ》れて、声を思わず荒げてしまう。

「簡単に言うと今にも、弓ちゃんを押し倒しそうな雰囲気だったって感じかな」

確かにこの学園はレズが流行しているように感じる。冴枝と光や清香と菜美……恐らくまだまだいるのだろう。

だからといってしおりがレズというのは飛躍しているような気がする。

でも、もし、しおりが弓と同性愛……いや、冴枝達のような間柄だったとすれば、裕子先生のリストにしおりの名前があったことに納得できる。

「まさか、しおりが……」

俺は目の前が真っ暗になる。頭の奥の方からグワンと脳を揺すられているみたいだ。

「ちょっと、ちょっと待ってよ……僕の気のせいかも知れないんだから……」

半ば、放心状態になった俺の肩を大介は揺する。

「ま、用心するに越した事はないか……」

俺と大介のやり取りを見ながら、信也が考え込んだような面持ちで呟《つぶや》いた。


授業が全《すべ》て終わり、俺はきづなとの約束通り校門へと向かっていた。

昼休みの内にきづなを映画に誘っておいたのだ。

きづなは信じられないぐらいに喜んでくれたので、しおり様様といったところだ。

校門に着くと、すでにきづなが俺の事を待っていた。

「おぅ！　きづな！　待ったか？」

これから一緒に映画を見に行くというのにきづなは元気が無い……というよりも何か悩んでいるように見えた。

「どうしたんだ？　何かあったのか？」

「うん……あのね……カバンの中にこんなものが入っていたの……」

そう言いながらきづなが差し出したものはＡ４サイズの茶封筒だった。

中に何か四角い物が入っているらしく袋の四隅が少し出っ張っていた。

そして、その封筒には『根岸正義様』とマジックで書かれている。

俺はきづなからその包みを受け取り、色々と調べてみた。

差出人の名前はどこにも無い。

封筒自体は事務でよくつかう何の変哲もない茶封筒だ。

封がされていて中身は判らないが、手触りと大きさから言っておそらくハンディタイプのビデオテープだろう。

宛名《あてな》の筆跡には見覚えがない。というよりも故意に筆跡を変えているように見えた。

「なぁ、きづな？　この差出人に心当たりは？」

俺の問いに対してきづなはふるふると首を振った。

嫌な想像が俺を支配した。俺達の調査に誰《だれ》かが勘付いているのではないだろうか。

もちろん中に何が撮られているかは見てみないことには判らないが、これはその警告と取ることが出来る。

「これ……なんなの？　お兄ちゃん達が放課後にやっていることに関係すること？」

不安そうに俺を見つめるきづな。

「あ、いや、多分、大介からだと思うぞ」

しかも、きづなのカバンに入れたという事は、いつでもきづなに手をだせるという意味に見て取れる。

「俺に渡せなかったから、多分きづなに渡そうとしたけど、きづなにも会えなかったから入れといたんじゃないか？」

正直、かなり苦しい嘘《うそ》だった。

当然、大介ならこんな回りくどいやり方なんかしない。

きづなもそれは十分承知しているようで、不安そうな顔のままだった。

「とにかく、ちょっと俺は大介に急用が出来たんで、悪いけど映画はまた今度にしてくれないか？」

「うん……それはいいんだけど……」

「悪いっ！　この埋め合わせは必ずするからっ！」

俺は血相を変えて、きづなの前から走り去った。


学校に残り調査をしてくれていた信也達三人に部室に集まってもらう。

「あぁ、びっくりしたぜ……もの凄《すご》い形相で『部室まで来てくれ』なんて言われて」

洸も首を縦に振り、信也に同意している。

「いったい、どうしたんだよ」

俺は受け取った茶封筒の一件を話した。

そして、皆の前で封を切る。

茶封筒の中を覗《のぞ》くと、俺の予想通り、一本のビデオテープが入っていた。

念のため、指紋などの痕跡《こんせき》が残っていないか調べる。

指紋が出てきても俺たちに特定することなど出来ないが、それでも何かの手がかりになるかもしれない。

ビデオテープをハンカチで掴《つか》み光に曝《さら》してみたが、丁寧なことに、ビデオテープに指紋などは一切残っていなかった。

「大介」

大介も俺が意図する所を察し、黙ってそれを受け取り、ビデオを再生した。

ビデオがスタートするとすぐに、女の子の血を吐くような悲鳴が響いてきた。

ビデオの中の女の子には見覚えがある。

伊東望だ。

ビデオの中の望は何人もの男達に押さえつけられ、罵声《ばせい》を浴びせられながら衣服をビリビリに破られ、素っ裸にされ、やめてくれと、抵抗しては殴られていた。

「な……なんだよっ！　これっ！」

信也が声を荒げる。

望は左右から男達に足を一本ずつ抱え込まれ、股《また》が裂けるほど、思い切り開かれる。

望の汚れを知らない股間《こかん》が、画面一杯にアップで映し出された。

望の股間を小汚い言葉で貶《おとし》め、ビデオの中の男達は大笑いしている。

再び、ビデオは引かれ、望の体全体が映し出された。

一人の男が赤黒くはれ上がったペニスの竿《さお》を掴み、望の濡れていないヴァギナに亀頭を押し付ける。

ヘラヘラ笑いながら、望を押さえつけ始める男達。これから自分が何をされるのかを悟った望は、目を見開き、ガタガタと震え始めている。

「や……やだ……嘘……やめて……そんな……止めて下さい……お願い……お、お願いですから止めて下さいっ！」

血を吐きそうな声で叫ぶが、男達は更にゲラゲラと、下卑た笑い声を上げるばかりだ。

望の言葉など耳に入っていない様子にも取れる。

「そら、ぶち込むぞ！　せいぜいでかい声で叫んで見せろ！」

男はそう叫んで、一気に腰を突き出した。

ブクブクと浮き上がった血管に、黄ばんだ恥垢《ちこう》をこびりつかせた、不潔なペニスが、望の膣内《ちつない》へねじ込まれた。

「ぎゃあああっ！　や、や、やだあああっ！　うわあああー！　わあああーっ！」

まさに断末魔、と言った悲鳴を望は上げる。まともな言葉などでてこない。

「おっ、今……俺のチ○ポの先で、何か、ブチッてちぎれたぜ。ヒヒヒ……」

半ばまでねじ込まれたペニスに、ちぎれそうなほど細く引き伸ばされたヒダがきつく食い込んでいる。

その隙間《すきま》から、タラリ……と一筋、赤いものが流れ出した。

純潔を奪った男は容赦なく激しく腰を振りつづける。

望の悲鳴にビデオの音声が割れつづけていた。

断末魔の声を上げる望に追い討ちをかけるように、順番を待ちきれなかった男が硬く閉ざされたアヌスに強引にペニスを押し込む。

それだけじゃない。望の鼻を抓《つま》んで口を開けさせ、強制的にフェラチオをさせ始める男まで出てきた。

果てしない陵辱の中、望のヴァギナを犯している男の腰がガクンガクンと跳ねた。

「おっ……いい感じ……んっ、イクイク……イク、イクぞ……おっ、うおおおっ！」

雄叫《おたけ》びのような声を上げる。

「え……や、やだ……やだ、駄目えええっ！　駄目なの、危ないのっ……出来ちゃうっ……いやあああ！」

　望は目はカッと見開いて、最後の抵抗というのだろうか、必死に逃げ出そうとしている。

「悪く思うな、全員で中出ししろって命令なんでね！」

　男がペニスを根元まで押し込ませる。

「み、皆でって……命令って……きゃあああっ！　やっ、潰《つぶ》れちゃ……うあああっ！」

　ペニスの先端に、一番奥の肉を抉《えぐ》られたのだろう、望が、悲鳴を上げる。

「うほお！　出すぞっ、一番奥にぶちまけてやる……うおっ、うほっ！　ヒッ、ヒッ、ヒッ！　ヒヒヒヒヒ！」

　男は、気の狂ったような笑い声を上げながら、ガクガクと腰を震わせた。

「やあああっ！　抜いてえええっ！　出てる、出てるよお……いやあああっ！」

　体をよじり、泣き叫び、もがき続ける望を、男達はゲ

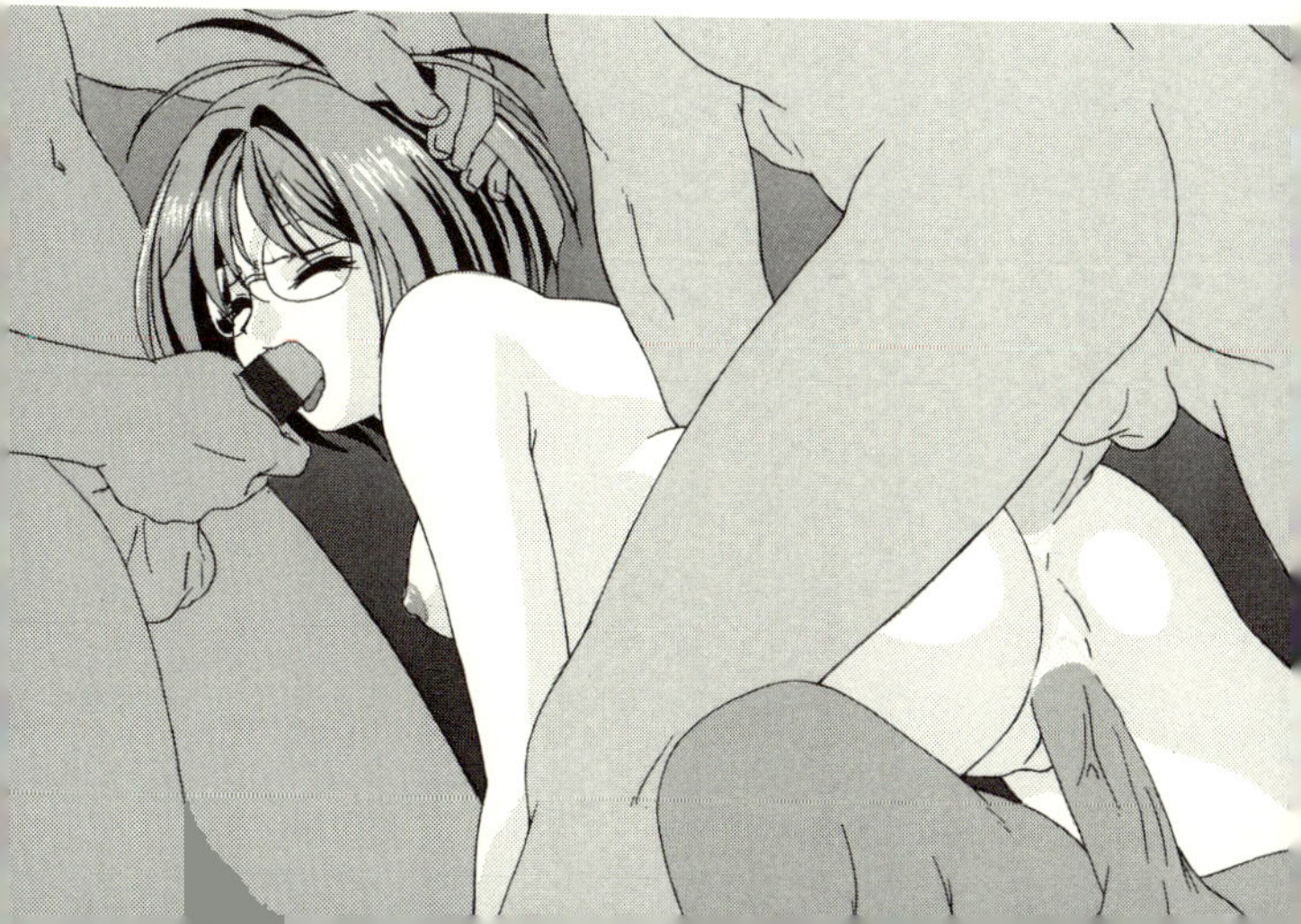

ラゲラ笑いながら押さえつけ、股間をグリグリと望の下腹に擦《こす》りつけていた。

突然、信也がテーブルに拳を叩《たた》きつけた。

信也の顔は怒りでぶるぶると震えている。

今まで一度も見たことがない怒りの形相だ。

信也は望のことを信じていた。俺たちには言わなかったが特別な感情を抱いていたのだろう。

「……もう……切れ……」

もう、見るに耐えない。この後の展開の予想は大体つく。これ以上、ビデオを流しつづければ信也がおかしくなってしまうように思えた。

「えっ？」

「ビデオを止めろって言ってんだよっ！」

思わず大介に向かって怒鳴りつけてしまった。

「あ、あぁ……」

慌てて大介がビデオのスイッチを切った。

ビデオが止まると静寂が辺りを包んだ。

「あ……いや、す、すまん。大介が悪い訳でもないのに……大声を出して」

「いや、気にしないで……」

反吐《へど》が出そうだった。この馬鹿《ばか》男共に殺意さえ覚える。

ビデオの中の男ははっきりと言っていた。

命令だと。

なぜ、望は命令で、男達に犯されなければならなかったのだろう。

まさか……。

望は俺たちに忠告してくれていた。それは警告ではなく俺たちの身を案じてということだったのか。

悔しさに肉が裂けるほど唇をかみ締《し》める。ジュっと鉄の味が口に広がった。

「おい、正義…………お前はすぐに家に帰れ……」

なにも映らなくなったモニターを見つめ、怒りに震えていた信也が急に口を開いた。

「あぁ？　なんだって？」

「きづなちゃんが危ないっ！　すぐに家に帰れっ！」

信也が俺を怒鳴りつける。

「あっ……」

俺はそこで信也が言おうとしていることに気づいた。

明らかにこれは俺達に対する警告だった。

『調査から手を引け。さもないとお前の妹もこうなるぞ』という。

「すまんっ！　後を頼むっ!!」

「いいから早く行けっ!!」

信也の事は大介と洸に任せることにし、俺はカバンを引っ掴むと疾風の様に駆け出した。


家に着き、俺はリビングに飛び込んだ。

「きづなぁー！　帰ったぞぉー!!」

俺は力いっぱいに声を上げる。

だが、返事がない。

ビデオを渡されれば写真部室に俺達が集まることまで計算済みっていう事か。

その間にきづなを連れ去り……。

今の俺に怒りも何も無い。ただただ目の前が真っ暗になった。

きづながさっき観たビデオみたいに強姦《ごうかん》されているとしたら……。

絶望だけが俺を支配していく。

「おかえりー」

突然の声。俺は咄嗟《とっさ》に後ろを振り向いた。

「えっ？」

振り向くときづながお菓子をぼりぼり食べながら突っ立っていた。

「きづなぁあぁー」

全身からどっと力が抜けた。

きづなを抱き締めたい衝動に駆られたが、そんなことをしては不審感を与え、不安にさせてしまう。俺はグッと堪《こら》えた。

「もぅうっ！　お兄ちゃん、急にすっぽかすんだもん……っつー訳で今はやけ食い中でぇーす」

不満たらたらといった表情でぼりぼりとスナック菓子をきづなは頬張りながら言った。

「あぁ、ゴメン……ごめんな……きづな……そうだ！　埋め合わせとして明日から一ヶ月はずっと一緒に帰るっていうのはどうだ」

本当は単にきづなの事が心配なだけだった。

埋め合わせという事にしておけば、きづなもそれ程不思議がらないだろうと考えた。

「えっ！　ほんと！　いいの？　放課後は何か用事があるんじゃなかったの？」

「だから埋め合わせって言ってるだろう？」

「約束だよ！　絶対、絶対、絶対だからねっ！」

沈んでいたきづなの表情がぱっと明るくなった。

一番、容疑が濃かった望が外れ、裕子先生のリストに残ったのは清香、菜美……そして、しおりの三人だ。

清香は黒幕だろう人物をあの人と呼んでいた。という事は清香と菜美は黒幕ではない。

もし、リストに黒幕がいるとすれば、必然的にしおりが黒幕ということになる。

万が一、しおりが黒幕だとすれば、親友である望を男達に強姦させたということか。

そんなことは考えたくなかった。

何はともあれしばらくはきづなの傍を離れないようにしとこう。

しおりに対しても注意が必要だな。


翌朝、いつもより早く家をでる。

当然、きづなとだ。きづなは早すぎるとブーイングを飛ばしていたが、少しでも一緒にいられる時間を増やした方がいい。

それに、今日、急いでいたのは心配なことがあったからだ。

きづなと校門で別れ、写真部の部室へと向かった。

「よっ！　おはよう。今日は早いな、正義」

ドアを開けるといつものように信也が一人でいた。

はれぼったい目の下に隈をつくり、さわやかな笑顔を浮かべている。

……無理しやがって……。

「おはよう。きづなは無事だったよ」

信也は何も言わず、良かったという安堵《あんど》の笑みを浮かべた。

「おはよう。あれ？　正義君早いね」

部室のドアが開いて大介と洸が入ってきた。

「そろったな。じゃあ、調査報告しようか」

今日の信也はアグレッシブだ。無理に元気をだしているのだろう。痛々しい。

大介と洸は首を左右にふる。

何の情報も得られなかったようだ。

「俺もなにも得られなかった。すまん……」

信也は頭を下げた。

昨日、あんなことがあったんだ。皆の調査が進んでいるはずもない。

「そうか……判った。今日からはしおりを重点的にマークしてくれ」

「え？　それって、清香と菜美ちゃんは制裁するってこと？」

大介の言う通り、俺は清香と菜美を制裁することを決めていた。

「ああ。これ以上、待っていられない。あいつらを制裁をするには十分過ぎるほどの証拠は揃《そろ》っている」

これ以上、時間を掛けてはいられない。

無駄に時間を掛けていると、今度はこっちが揚足を取られることになるだろう。


薄暗い部屋には小さな換気口から昼の陽光が差し込んでいる。

差し込んだ光にまとわりつく様に舞って見える埃《ほこり》。

今ごろ、皆は授業中だ。

そして俺は体育倉庫にいる。そして、目の前には二人の少女。

園城寺清香と須藤菜美だ。

清香は突きつけらたビデオのプリントアウトに表情を強張《こわば》らせながら立ち尽くしている。

傍らの菜美は清香の袖《そで》に縋《すが》り付く様に身を隠しながら、上目遣いにこちらを睨《にら》んでいた。

「こんなもの……どういうつもりですの？」

俺は清香の質問に答えるつもりはない。

「お前達が陰でコソコソやっていた事……裕子先生は知っていたのか？」

「綾瀬先生ですって？　いいえ……あの人は何も知りませんでしたわ」

俺は清香と菜美に一歩ずつ近づいていく。プレッシャーを与えるため大股に、ゆっくりと。

「本当か？　お前達が悪事を働いている事を知られて、口封じに突き落としたんじゃないかって思ったんだがな」

「そんな事する訳ないじゃない！　そんな事しなくても、ボイラー室に連れ込んで男の子達にさせれば……きゃうんっ！」

俺は右手でガッと、菜美の細い首を掴み、力いっぱい締め上げる。

「二度とそんな事言ってみろ……俺がお前を殺してやる！」

俺は吐き捨てるように言い、菜美を突き飛ばすように手を離した。

「それで……私達をどうするつもりなのかしら？」

「服を脱げ。ビデオを公開して、この学園にいられなくする事だって出来るんだぞ？」

お前達に拒否権はない。と言った口調で、俺は二人に命令して服を脱がせ、床に６９の体勢で横たわらせた。

清香は最後まで抵抗していたが、菜美はろくに羞恥心《しゅうちしん》もないのか、素直にゆっくりと服を脱いで大人しく床に横たわる。

それを見て観念したのか、それともよほど学園内の自分の地位を失うのが怖いのか、清香も服を脱ぎその上に伏せる。

「……こんな屈辱っ……許しません、絶対に許しませんわ……覚えてらっしゃい！」

犬の様な格好をさせられた清香が、その整った顔を歪《ゆが》ませて俺を睨みつける。

俺は、更に何かを喚《わめ》こうとする清香の頬を摘《つま》み、捻《ひね》りながら脅しつける。

「この程度で許してもらえると思っていたのか？　これからタップリ、お前が取り巻きの男達に命令して輪姦させせた女の子達の気持ちを、お前にも味あわせてやるんだよ」

「な……何？　どういう意味です！」

身を起こそうとした清香の首根っこを掴んで、菜美の股間にねじ伏せた。

菜美の太股に添わせるように床に突き当てられていた肘《ひじ》が滑る。投げ出された清香の両手を捕らえ、手錠を叩きつけるように掛けた。

「お前を……制裁してやる！」

突然の手錠の冷たさに清香はしばらく呆然《ぼうぜん》としていたが、俺の言った事の意味にようやく気がついたのか、体を小刻みに震わせ始めた。

「止めなさいっ、そんな事をして、許されるとでも思っているのですかっ……」

清香が歯を食いしばる。その顔は怒りと屈辱で真っ青だ。

「俺が許されるかどうかなんてどうでもいいさ」

普段、清香の端正な顔立ちで静かに微笑《ほほえ》んでいる所しか見ていない奴《やつ》には、想像もつかないだろう。

「お、お姉様ぁ……これから、菜美、どうなっちゃうのぉ……」

菜美は可愛らしく握り締めた両手を胸に当てて、ちっちゃな涙を浮かべて頬を赤くしている。

こんな状況になってもこういう態度を取れる。これが菜美の地なのだろう。

「ちゃんと言う事を聞けば、二人に酷《ひど》い事はしないよ……清香のオマ○コはどんな風だか言ってごらん」

俺は四《よ》つん這《ば》いになった清香の足元に座り込むと、床に横たわった菜美の髪を優しく撫《な》でながら、猫なで声で話し掛けた。

「う、うん……とっても綺麗《きれい》……ピンク色で、ちっちゃな細いヒダが、プニプニしてる」

菜美はオドオドして、俺の顔と清香の股間を交互に見つめながら、ちょっと小さな声で話し始めた。

「お、お止めなさい、菜美ちゃんっ……そんな事言ってはダメよっ……きゃあああっ！」

パアン！と清香の形のいい尻が高く鳴る。俺の平手打ちで、真っ白な清香の肌がジワジワと赤く染まった。

「いけないねぇ、お姉様は何か勘違いしているようだよ。菜美ちゃんは、二人が酷い目に遭わないよう一生懸命なのにね……」

驚き怯《おび》えた顔で、潤んだ目で俺をじっと見つめる菜美。俺はニッコリと微笑んでみせた。

「さあ、続けて。菜美ちゃん……」

「……脚の付け根がプクンッて膨らんでる。とっても柔らかいけど、コリコリしてて、オマ○コをキュッと締めつけてるの。それでね……」

菜美は清香の性器を描写しつづける。抵抗しながらも清香のヴァギナからは蜜《みつ》が溢《あふ》れ出し、ピクピクともの欲しそうに蠢《うごめ》いていた。

「あのね……お姉様のって、男の子はまだ誰も触った事がないの」

「な……菜美ちゃんっ！　言っちゃダメッ！」

菜美の何気ない暴露話に清香は大声で叫んだ。男性との経験がないことがコンプレックスなのか、よほどの男嫌いなのだろう。清香の場合、後者であるのは判りきったことではあるが。

「でも菜美ちゃんと、オチ○チンのオモチャで遊んだりしてるんじゃないのかい？」

俺は清香を無視し、菜美に優しく話し掛け続けた。

「オモチャだけだよ。男の子のオチ○チンは、汚いから挿《い》れたくないって……」

俺の予想通り、清香は男性に対して不潔感を抱いているようだ。それも強烈なほどに。

正直、性経験の豊富なこの二人をレイプしたところで、制裁にならないのではないかという不安はあった。

だが、極度の男嫌いならば話は別だ。

「菜美ちゃんもそう思うかい？　男の子のオチ○チンは嫌いかな？」

俺は菜美に見せつけるように服を脱ぎ、硬く膨れ上がって、ヘソに食い込むほど大きく反り返った自分のペニスを剥《む》き出しにした。

「菜美はね、オチ○チン好きだよ。熱くてビクビクしてとっても気持ちがいいもん……」

菜美はトロンとした目で俺のそそり立ったペニスを眺めている。

「じゃあ大好きな清香お姉様にも、オチ○チン好きになってもらえたらいいなって、思わないか？」

清香に対して菜美は男好き、女好きというカテゴライズを持っているわけではなく、ただ単に、快楽を求めているだけのことだ。

「え？　う、うん……思う！」

自分の好きなことを大好きな人に認めてもらいたいのだろう、菜美は俺の言葉に大きく頷《うなず》いた。

「じゃあこの俺のオチ○チンで、清香お姉様にうんと気持ち良くなってもらおう。菜美ちゃんも、手伝ってくれるね……」

「うん……うんっ！」

菜美は再びはっきりと返事し、清香の股間に静かに手を伸ばす。俺は清香の尻の割れ目に、硬く張った亀頭をゆっくりと擦りつける。

「止めて……止めなさいっ！　男はイヤッ……イヤですっ！」

清香は叫びながら、恥も外聞もなく尻を振って逃れようとする。逃れようとする清香のくびれた腰をシッカリと掴んで押さえ込んだ。

擦れ合う滑らかな太股の間に、菜美の小っちゃな手が這い回り、やんわりと押し広げて股間に指を届かせる。

俺は尻の割れ目に添ってジワジワとペニスの先を押しつけ、股間にゆっくりと滑らせた。

「清香お姉様……スッゴク濡れてるよぉ……」

「もうオチ○チン挿れちゃっても大丈夫かな？」

「ん……ちょっと待って……」

ちゅっ、くちゅっと、菜美が頭を上げて、清香の股間にむしゃぶりつく。

唇を目いっぱいに開いて、ヴァギナの左右の膨らみごと咥《くわ》え込んでモグモグとほっぺたを動かす。

「あっ！　あああっ！　菜美ちゃんっ……ダメ、ダメえっ……ああああああ！」

菜美は清香から唇を放すと、華奢《きゃしゃ》で細い指先で清香の滑っている肉を左右に押し開いた。

濃く、ネットリとして、菜美の唇との間にツヤツヤした糸を引いている。

上目遣いに見る菜美の目は「どうぞ」と言っているように見える。

「ありがとう、菜美ちゃん……じゃあ挿れるよ……」

俺は尖《とが》った亀頭の先端を清香の入り口に押し付けた。

「お願い、イヤあああ……男なんて……イヤあああああ！」

悲鳴に関係なく、清香のヴァギナは美味《おい》しそうに俺のペニスをくわえ込んでいく。

男は初めてだそうだが、清香の中は十分に熟れていた。熱く、ジュクジュクとした、清香の内壁の肉ヒダがペニスに絡み付いてくる。

「どうだ？　オモチャと違って熱いだろ！」

十分に濡れた清香の中を弄るようにゆっくりと腰を前後させる。

「ひぃっ！　いやっ！　いやぁぁっ！　ああっ！　ああ
あ……」

清香は俺に貫かれるたびに首を左右に振り、嫌悪感から涙を流して悲鳴を上げた。

跳ね上がり反り返る清香の腰に菜美が必死にしがみつき、その股間にむしゃぶりつく。

「ん、んっ……お姉様っ……お姉様あああ……」

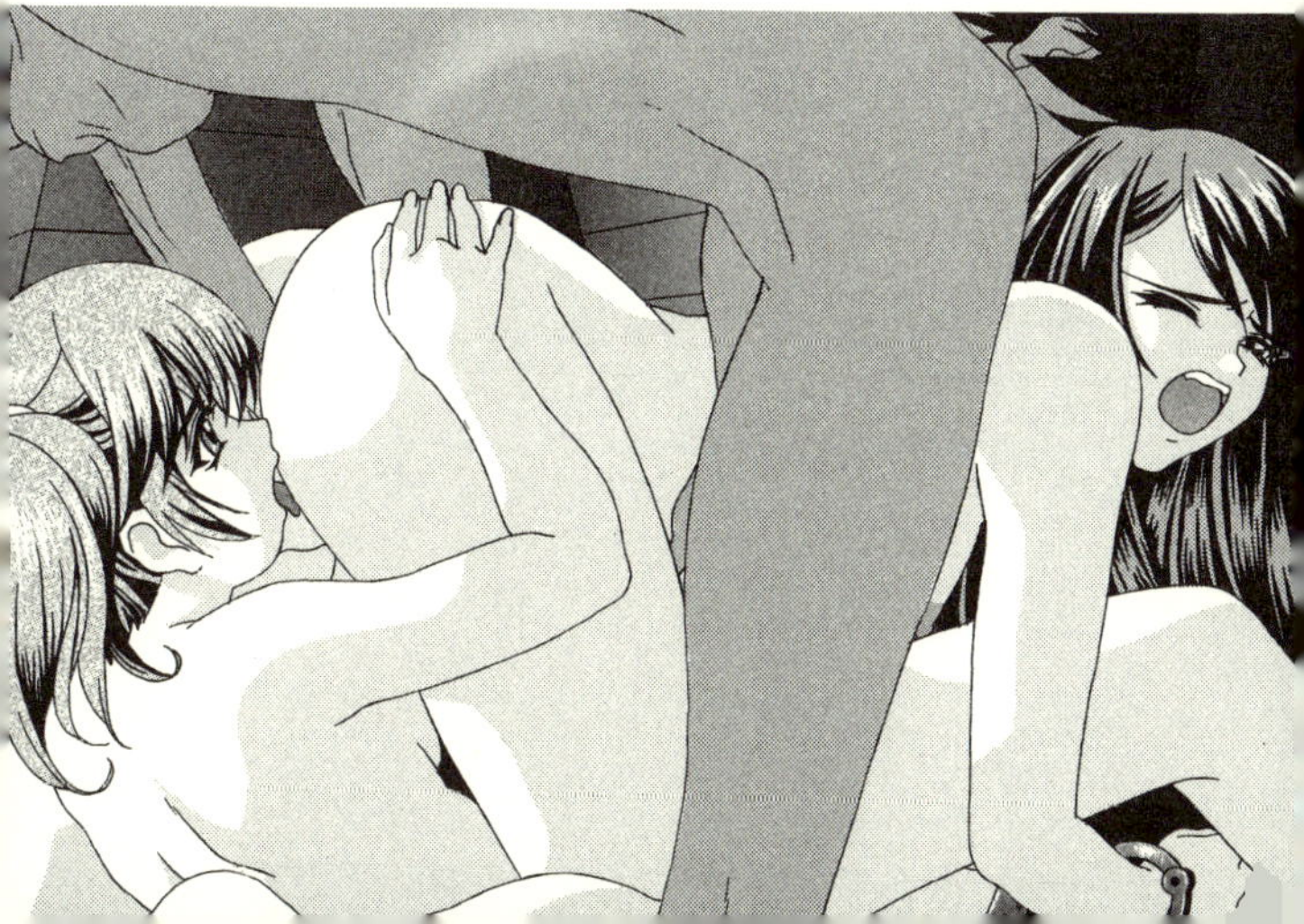

菜美が押し広げられた清香のヒダをしゃぶり、ビクビクと震えているクリトリスを唇で挟んでヤワヤワと揉《も》みしだいた。

「あっ、あっ、菜美ちゃんっ！　は、はっ、はあっ、いや……あああっ！　いやあっ、あっ……あああああっ！」

生まれて初めてヴァギナにペニスを捻《ね》じ込まれ、愛《いと》しいペットにクリトリスを責め上げられる。

嫌悪感と快楽に訳の判らない悲鳴を清香は上げ、身悶《みもだ》えた。

「ほら、中でビクビク脈打っているのが判るか？　熱いだろう？　オモチャとは全然違うよな……」

「う、う、うっ……男なんかに…………許しません。許しませんっ……あああっ！」

オモチャで遊ぶ事が多かったせいなのか、清香の蜜は驚くほど濃く、量も多い。

のたうつ肉に揉みしだかれているのか、巻き付いた濃い蜜に押し潰されているのか判らないほどだ。

「うあ、うああっ……動いてるっ！　ビクッ、ビクッって……うっ……うあああ！」

激しく動く俺のペニスと清香の肉に、搾り出されるようにタップリの蜜がヒダの隙間から溢れ出ていた。

清香の股間にむしゃぶりつき、菜美はそれを夢中で啜《すす》り込む。

「お姉様ぁ……もっと飲ませて。お姉様のオマ○コのお汁、菜美にのませてぇ……」

菜美の小さな鼻が、俺のペニスの付け根にコリコリと食い込んで来る。

清香の肉全体が俺のペニスに巻き付いて、キュウウゥッ……と締め、俺の亀頭を押し潰している清香の奥の肉が、ビクビク強張って先端の穴を擦り上げた。

竿に巻き付き、激しく蠢く清香の膣内の肉。その感触に、俺の腰はガクガクと震えた。

俺の腰の奥から、ドロドロした熱いモノが次第に沸《わ》き上がって来る。

裏スジの更に奥、袋の付け根辺りが、ブクブクと膨れ上がる。体液が集まって、ズッシリと重みを感じるほどだ。

「本物とオモチャの一番の違い……タップリと味ぁわせてやるよっ……」

「えっ……？　ああっ！　いやぁぁっっ！」

清香は俺の言った事を理解し、悲鳴を上げ、バタバタともがいて逃げようとする。

俺は、逃げようとする清香の腰を力いっぱいに押さえつけた。

「うおっ……出すぞっ！」

俺の腰の後ろ辺りで煮えたぎっていた熱い塊が、ペニスの芯《しん》に流れ込む。

ドロドロの塊がパンパンに張った亀頭を更に一回り大きく膨らませ、先端の穴をブクッと大きく押し広げた。

「ひっ……ひああぁ！　イヤあああああぁ！　うあああああぁっ！」

清香が絶叫した刹那《せつな》、俺のペニスが大きく脈打つ。

どくんっ……どぷっ……びゅるるっ！

「あっ！　あっ！　熱いっ……出てるっ……イヤあああ……私の中にっ……あああっ！」

亀頭の先端を清香の一番奥のコリコリしたしこりに食い込ませ、熱い塊をねじ込むように吐き出し、清香の子宮に響かせる。

熱い塊を体の奥に叩きつけられるたびに、清香の体が跳ね上がった。

「好きでもない男の精液を体の奥に流し込まれる感覚、しっかり味わえ！」

清香の男を知らなかったヴァギナの中は俺の精で満たされ、俺と結合しているところからボタボタと俺と清香の混合粘液が、菜美の顔にこぼれ落ちた。

菜美は俺と清香の結合部分に口を添え、ヴァギナから溢れる精液を美味《うま》そうに舐《な》めしゃぶる。

「お姉様……お姉様のオマ◯コいっぱいの精液……美味しい、美味しいよう……」

もっと精液を飲ませろ。そんな仕草の菜美のためにも、俺は清香からペニスを引き抜く。

ボッカリと穴が空いた清香のヴァギナから、白濁したドロドロの塊がとめどなく溢れ出す。

菜美は清香のその部分に口をつけ、ジュルジュルと卑猥《ひわい》な音を立てて吸い上げた。

清香は胎内に射精されたことがよほどショックだったのか、頭を菜美の股座にうずめるように垂れ下がらせ、白い形のよいヒップをプルプルと震わせていた。

菜美はそんな清香の様子などお構いなしと言った風に、俺の精液で汚れた性器を舐めしゃぶっている。

清香は涙でグズグズに濡れた顔を上げ、唇を震わせて歯軋りをしながら荒い息を抑えていたが、やがて手錠をかけられた腕を俺の方に突き出して、怒鳴りつけた。

「もう、用事は済んだんでしょう？　早くコレを外して！　ココから出て行きなさい！」

お嬢様のプライドだろうか。清香はこんな状態になってまで命令口調で怒鳴っている。

「俺の用がすんだかどうかは、俺が決める事だよ！」

俺は清香が差し出してきた手錠のついた手をパンッと払《はら》い退《の》け、怒鳴り返した。

「だいたいなぁ……その態度は何だ？　お前達の差し金で輪姦された女の子達の気持ちの、万分の一でも判ったと言えるのか？　おい！」

俺は清香に顔を近づけて、バカにしたようにペチペチと、涙で濡れた頬を軽く叩いた。

「もう……男の子達に、女の子を襲わせたりしません。約束します……それでよろしいんでしょう？」

「信用出来ないな。ちゃんと態度で示してもらわないと」

清香は俺の言葉にグッと唇をかみ締める。

「じゃあ、どういう態度ならば、もうしないという事、信じる事が出来るんです？」

「もっと謙虚に……そうだな……俺の前に跪《ひざまず》いて、お前のオマ○コの汁で汚れた俺のチ○ポを、口で綺麗にするというのはどうだ？」

清香の顔がカッと赤くなったかと思うと、恥辱と怒りに、真っ青になった。

「あなたはっ……一体どこまで……私を馬鹿にすればっ……」

「黙れっ！　本当に悪かったと思うなら、同じ目に遭ってみろ……この程度で済まされるだけマシだと思え！」

清香はしばらく黙り込んでいたが、やがてガックリとうなだれて跪いた。

「わ、判りました……き……綺麗にさせていただきます」

「何をどう綺麗にするのか、サッパリ判らないよ。いいか……」

俺は跪いた清香の顎《あご》を掴んで、耳元に囁《ささや》く。

「な……そんなっ……私……そんな事っ……」

「本当に反省しているなら言えるよな？」

俺は目を細め清香を見下ろす。清香はグッと唇をかみ締め、喉《のど》の奥から声を絞り出した。

「わっ、私のオマ○コの汁で汚してしまった……オチ○チンを、しゃぶらせて下さい……お願いします……」

俺は菜美の肩を掴んで押さえつけ、清香の隣に跪かせた。

清香と菜美はチロチロと愛液と精液に汚れた俺のペニスに舌を這わせていく。

清香の頬を右手で掴み、口を無理に開かせる。そして、射精し硬さを失った半勃《はんだ》ちのペニスを捻じ込む。

再び、俺のペニスに血液が流れ込み、硬さを取りして反り返った。

清香にペニスの中に残った精液を吸い出すように指示し、竿から玉袋を菜美に舐めさせた。

それから俺は、自分の体力が尽きるまで、清香達を陵辱しつづけた。

最後の方は射精感はあるものの、液らしい液は出なくなっていた。

「はぁ……はぁ……少しは、輪姦された女の子の気持ちが判ったか？」

二人はグッタリと床に体を横たえて、荒い息を吐きながら半ば気を失っているようだった。

二人は俺の精液を、股座から垂らし、顔や髪に付着させ、グッタリと床に体を横たえていた。

半ば気を失っているようにも見える。

この程度の事、今までコイツらが犠牲にして来た女の子の受けた仕打ちとは、とても比べ物にならない。
しかし、少なくとも、もうコレで取り巻きの男どもに、邪魔な女の子を輪姦させような
んて気は二度と起こさないだろう。
俺はグッタリしたままの清香の手から手錠を外すと、二人をそのままにして、更衣室か
ら立ち去った。
俺が教室に戻ったときには既に午後の授業も終わったところで、教室からクラスメイト
が帰宅するためにぞろぞろと出てきたところだった。

第六章　黒幕

橘弓……一年の寡黙で孤独な女の子。何の罪もないのに俺は彼女を制裁してしまった。

一条冴枝……二年にして水泳部のエース。凪原光を使って不正を働いていたので制裁。

凪原光……冴枝のために幼い体を使って水泳部の便宜を図っていた。

園城寺清香……取り巻きの男達を使って、邪魔な存在を輪姦《りんかん》させていたお嬢様。

須藤菜美……清香のペット。清香の取り巻きの男達を操っていた女。

伊東望……しおりの幼馴染《おさななじみ》。彼女は俺たちに忠告してくれた。そのせいで輪姦される。

裕子先生のリストに残った名前は佐倉しおり、ただ一人だ。

しおりは最近、よく俺の家に朝食を作りに来てくれている。

今日もしおりは来てくれていた。

きづなにとってしおりは、憧《あこが》れの先輩から姉のような存在になってしまっているだろう。

そんなしおりを俺は疑いたくない。


俺はいつものように、部室へと入った。

そこにはいつものように信也、大介、洸の三人がいる。

そして、いつものように調査の結果を聞く。

四人で人を調べて、疑う……こんな事が当り前になってしまっている。

俺達は一体いつまで、こんな当り前を続けなければならないんだろう。

俺は五人も女の子を制裁した。五人もだ。それでも裕子先生の死の真相はわからない。

俺達がやってきたことは、裏のある女の子を脅迫し、強姦しただけなんだろうか。

「正義君？　正義君ってばっ！」

俺は大介に肩を揺すられて我に返った。

「え？　ああ……聞いてる」

「何が『聞いてる』だよ。俺たちは『おはよう』って言っただけだぞ」

信也の言う通り、俺は考え事をして何も聞いていなかった。いや、聞こえていなかった。

まるで突然、夢から覚めたような心地だ。

心配そうに洸が俺の顔を覗《のぞ》き込んでくる。

「大丈夫だよ、洸。ちょっと、考え事をしてただけだから。それより、しおりについて何か判ったことはあったか？」

大介が困ったような、なんともいえない変な顔をした。

「どうしたんだよ、大介」

「うん……絵も、音も取れなくて……何がなんだか判らなくて……正義君にこんな話、していいのかも、悩んだんだけど……」

大介はかなりためらっている様子だ。

「なんだい？　そりゃあ……」

俺の質問に大介は少し間を置いて、深呼吸をしてから口を開いた。

「しおりちゃんがね、きづなちゃんに、キスしてたんだよね……」

俺の思考が一瞬止まる。

一体、大介は何を言っているのだろう。理解できない。

「え……きづなと、しおりが？」

俺は頭の中が混乱して、ガンガンと耳鳴りがする。その向こうから、申し訳なさそうな大介の声が聞こえて来た。

「きづなちゃんは、嫌がっていたというか、何がなんだか判らなかったみたい」

「そりゃそうだ。俺だって……何がなんだか判らないよ！」

俺は声を上げるけれど、気まずくなって、すぐに口をつぐんだ。信也が、深刻な顔で話し始める。

「いや……俺も実は、気になる噂《うわさ》を聞いていたんだ。……あえて言わなかったんだけど」

信也の頬《ほお》は引きつって、目はちょっとオドオドとしている。言おうかどうしようか迷っていたが、やがて意を決したように口を開いた。

「あくまで、女子の噂話なんだけどな……しおりに恋人が出来たって話だ」

「へえっ？　まっさかぁ……そんな様子、全然無かったじゃない。第一……」

今度は大介が、素《す》っ頓狂《とんきょう》な声を上げる番だった。それを片手で制して、信也は話し続ける。

「まあ、最後まで聞けよ。その恋人というのが……きづなちゃん、なんだそうだ……」

「……！　はあ……？」

眉《まゆ》を思い切り上げて、肩をすくめて、目を丸くしている。口数とリアクションが殆《ほとん》どない洸がこれほど驚いているのは珍しい。

「女子ってさ、割とその手の冗談、よく言わない？　ねえ……キスしていたのだって、きっと冗談だよ」

「俺もそう思いたいんだが……この学園は、レズが流行《はや》ってるようだからな」

俺達は、頬を引きつらせて息を呑んだ。

「噂をしていた女子も、そんな顔していたよ。どうやら、あまり楽しい話じゃないらしい」

この手の話は普通、ワーキャー騒ぎながら楽しそうにお喋《しゃべ》りするものの筈《はず》だ。俺たちの様に頬を引きつらせて話をすることではない。

「しおりには……以前には恋人がいたそうだ……」

望だろうか？　しおりと望は良く二人で一緒にいたからな。

「……弓だ。橘弓が、しおりの恋人だったって……」

俺は信也の言葉に絶句した……もし本当なら、しおりの名前が裕子先生のリストにあった事の裏付けになる。

もしも、しおりと弓の関係が清香達のような関係で、裕子先生を動かすようなものだったとしたら……。

視界が真っ赤に染まるほどに、頭に血が上って、クラクラと眩暈《めまい》がする。

洸に肩を押さえつけられ、ハッと我に返った。俺はいつの間にか立ち上がって、ガタガタと震えていた。

「他でもない、きづなちゃんの事だ……落ち着けと言っても無理かも知れないが、とりあえず落ち着け」

俺は、大きくひとつ息をつくと、差し出されたパイプ椅子《いす》に落ち込むように、ドスンと腰を下ろした。

「きづなに……話を訊《き》いてみるよ」


昼休み、俺はきづなを誰《だれ》もいない屋上へと、つれてきた。

もちろん、しおりがきづなにキスをしたのかどうかを確かめるためだ。

きづなが、俺に握《にぎ》り締《し》められていた腕をさすりながら、ほっぺたをプッと膨らまして、俺を睨《にら》んでいる。

「どうしたの？　こんな所まで連れて来て。あたし、これからしおり先輩と約束してるんだ……」

「行くな！」

俺は思わず、きづなの小さな肩をグッと掴《つか》んでいた。

「きゃっ……何？　お兄ちゃん……やだ、痛いよっ……」

きづなは俺の手から逃れようとせず、うつむいて肩を震わせていた。

「しおりに……キスされたって話、本当か？」

遠まわしに聞くより、単刀直入に聞いたほうがいいだろう。

「お兄ちゃん！　なんで……どうして知ってるの？　でも、だって、あれは……」

きづなはうつむいた顔をあげ、白黒させた目で俺を見た。

「しおり先輩は……ふざけてただけなんだよ、きっと……冗談だったんだよ……」

自分に言い聞かせるようにきづなは呟《つぶや》いている。

「きづな……しおりは本当に冗談のつもりだったのか？」

ひょっとしたらしおりは本気できづなの事を？

「しおりは、弓とも付き合っていたって噂だ……しおりの方は本気なのかもしれないぞ？」

きづなはフルフルと首を横に振り、俺の胸にすがり付いて、ボロボロと涙をこぼし始めた。

「お兄ちゃん……しおり先輩が……そんなつもりだったなんて、あたし……考えたくない。考えたくないよ……」

何度もしゃくりあげるきづなの背中を、そっとさすってやる。

俺の胸に顔を押しつけ、熱い涙を染み込ませ、しばらく喉《のど》を鳴らしていたきづなが、そのまま、ポツポツと話し始めた。

「弓ちゃんの噂は聞いた事ある。他にも……一条先輩や、園城寺先輩も……しおり先輩と付き合ってたって……」

冴枝や清香ともか？　その噂が本当だとすると……。

「それだけじゃないの……望先輩の事まで……」

望？　望がどうしたんだ？　望は俺たちに忠告をしたばっかりに……。

「望先輩が、学園に来なくなったのは、しおり先輩を裏切ったからだって」

しおりが望を襲わせた？　まさか……。

「……しおり先輩、望先輩の事、心配してると思ったのに……笑ってた……」

突然、悪寒に襲われたかの様に、丸めた背中を震わせ、身を縮めるきづな。

すがりついた俺の胸に指を立てて、ギュウッと掴む。細い指先が食い込んで来る。

泣きじゃくるきづなの頭を抱えてやる。きづなが泣き止むまで待ってやった。

その後俺は、泣きやんだきづなを連れて教室に戻り、午後の授業を受けて放課後を待つ。

きづなのためにも、早いことしおりと話をつけた方がいいだろう。

俺は、執行部室に向かった。

俺はドアをノックせず、部室のドアを開けた。

「あら、根岸先輩……今日は、きづなちゃんは、まだ来ていませんよ。教室じゃないんですか？」

一人で何か書類を見ていたしおりは、何も無かったかのような顔をして、クスクス笑いさえして、何事も無かったように俺に話し掛けて来る。

「しおり……話があるんだ」

「いやだ……どうしたんですか？　そんな、怖い顔をして……」

俺の低い声に、しおりは困ったように顔を曇らせた。

「心当たりは無い……というわけか」

「ええ……根岸先輩……そんな事言われても……私は……」

しおりは白を切りとおすつもりでいるのだろうか？

「そうか……じゃあ聞くが、きづなに、お前は何をした？　何をしようとしたんだ？」

しおりの肩が一瞬ビクっと震えたように見えた。

「根岸先輩……それは……」

「いや、今すぐ話さなくてもいい。誰かが来るかも知れないからな……学園のアイドルとしては、あまり他の奴《やつ》に聞かれたい話じゃないだろう？」

俺は何もかも知っている。そんな口ぶりで言い放った。

実際は、きづなから聞いたキスと噂以外何も情報は持っていない。

しおりが、頬を青白く強張《こわば》らせて唇を噛《か》む。握り締めた手が震えている。

「……今夜、時間を取る事は出来るか？」

しおりは驚いて俺の顔を覗き込む。

当然だ。誰もいない夜の校舎に来いと言っているのだから。

「はい……構いません」

それでもしおりは俺の提案を受け入れた。

「じゃあ、今夜……ココで。それでも構わないな？」

しおりは、ちょっと俺を睨んで、ガックリとうなだれるように頷《うなず》いた。


佐倉しおり……きづなの大事な先輩……。

学業優秀スポーツ万能、容姿端麗性格温厚……清純可憐《かれん》な美少女で、人望厚い生徒自治会執行部長。

生徒にも教師にも憧れの眼差《まなざ》しで見られている。

しおりは明かりも点《つ》けず、執行部室で一人、俺が来るのを待っていた。

「どうしたんですか……根岸先輩……こんな時間に……あの、そんな目で見ないで下さい」

しおりはモジモジと不安気に体を縮めて、俺の方を上目遣いに見ている。

「根岸先輩……怒ってるんですか？　あの、きづなちゃんとの事……」

澄んだ瞳《ひとみ》をかすかに潤ませながら、怯《おび》えたように見える。

しかし、どこか毅然《きぜん》とした態度だ。

「本当に、ごめんなさい……きづなちゃんも、私の事……怒ってますか？」

今の俺には不気味にしか見えない。しおりは美しく化けた異形の怪物だ。

「お願いです、根岸先輩！　私の事、許して下さい……きづなちゃんと、仲直りさせて下さい！」

その怪物がポロリと一粒涙をこぼして、俺の制服の袖《そで》をキュッと掴む。

俺は黙ったまま、しおりを睨んでいた。しおりは、それでも言い訳をつづける。

「私、どうかしてたんです……きづなちゃんが、とっても可愛《かわい》かったから……この頃《ごろ》、望とも会えなくて……私、寂しくて……」

「もういい、しおり……日曜日、望を襲わせたのも、そのビデオをきづなのカバンに入れたのも、お前なのは判っている」

確証などまったくなかった。ただ、『日曜日だとしたら、しおりの容疑が濃くなる』という、実に自分勝手な思い込み。ただ、きづなのカバンにビデオを忍ばせたりできるのはしおりしかいないという憶測。

「えっ？　あ、あの……先輩、それはどういう……私にはさっぱり……」

俺はゆっくりとしおりに歩み寄る。思わずしおりは後ずさった。

顔が冷たい……髪の毛が逆立っているのが判る。チリチリと眼球の後ろが痛む。

俺はきっと、鬼か悪魔の様な顔をしているんだろう。耐え切れなくなったように、しおりが俺から目を逸《そ》らす。

俺としおりの狭間で沈黙が続く。

しおりはキュッと唇を引き締めている。月明かりのせいか、追い詰められたせいか、頬が青白い。

垂れた前髪に隠れて、それ以上の表情は伺えない。

しおりの胸座《むなぐら》を掴んで、引きずり上げ、強引に顔を起こさせた。

しおりは……笑っていた。

「しお……り……お前はっ……」

フンと鼻を鳴らして静かに手を上げ、胸座を掴んだ俺の手をそっとどける。

しおりの意外な反応に気を取られていた俺の腕は、力が抜けて、しおりの白い手に払いのけられるまま垂れ下がった。

「乱暴ね。なんて事するのかしら、まったく……ココには鏡も無いのに……」

呆然《ぼうぜん》としている俺を見ようともせず、しおりは小さく呟きながらネクタイを締め直し、襟元《えりもと》を直す。

「しおり？　お前は……一体……」

しおりは長机に浅く尻を乗せて、俺の方に向き直る。薄笑いを浮かべたままで。

片頬を上げて、艶《つや》やかな唇の端を吊《つ》り上げ、さも可笑《おか》しそうに肩を震わせ薄笑いを浮かべている。

「ククク……クックックッ……ハハハ……アハッ、ハアーッハッハッハ！」

その薄笑いが次第に大きくなり、いつのまにか狂ったような笑いになっていた。

「しおりっ！　お前だったのかっ！　冴枝も清香も、お前が、何もかもっ……」

狂ったようなしおりの笑い声に、俺の声は掻《か》き消されそうになる。必死に声を張り上げて、叫び続けた。

冴枝が光に体を使った不正を行わせていたこと、清香が菜美を使って取り巻きの男達に邪魔な女子を輪姦させていたこと、望が輪姦されたことを。

「ははん……よく調べたものね。さすが、刑事さんに育てられただけの事はある……って所かしら？」

ひとしきり笑い終わったしおりは、大きくひとつ息を吐いて俺の方へと向き直った。

「本当よ。清香も冴枝も、私の言いなりなんだから……あの女達のオモチャになってた菜美や光だって……もっとも、菜美や光は私の事なんて知らなかった訳だけど……清香や冴枝を通せば済んでたものね」

しおりの口調には、悪びれた所など微塵《みじん》も無い。それどころか、自慢したくてしょうがなかったような物言いだ。

ゾッとする。一体こいつは……何なんだ？

「裕子先生は……知っていたのか？　まさか……それで、お前は……裕子先生を……」

「あの教師の事？　まさか、殺したりなんかしないわよ……黙らせようとは思ってたけどね」

憎々しげに呟くしおり。

「私達のしてる事に、うすうす感づいてた。あちこち嗅《か》ぎ回って……ホント、鬱陶《うっとう》しかった。目障りでしょうがなかった……今のあなた達みたいにね」

俺を睨むしおりの目が、ギラリと光った。俺の喉がグビリと鳴る。

「でも、殺したりしてないわ。黙らせるだけなら、いくらでも方法はあるんだから……それに、そんなもったいない事、する訳ないでしょう？　あの教師と犯《や》りたがってた奴、ずいぶんいたのよ」

しおりは裕子先生まで光や菜美達のように体で男を手懐《てなず》けたり、自分のために働かせたたりしたかった。

しおりの言葉はそう言っているように思えた。

「最近、ちょっと困ってんのよ。光も菜美も、飽きられてきたしね……弓は追い出しちゃったし、望なんか男が喜ばないし……当てが外れてがっかり」

ホウッ……と、また一つ溜《た》め息をついて、肩をすくめて見せる。

しおりにとって、弓も恋人ではなく、ただのオモチャやペットに過ぎなかったというわけか。

「働かせすぎたかな？　生徒自治会の執行部長なんていう肩書きですら、五人や十人の根回しじゃ済まないものね……」

しおりは弓に、体を使わせて、不正をしていたという事だろう。

「望はどうなんだ？　望も、お前のオモチャだったのか？　お前の幼馴染で……親友なんじゃなかったのか？」

望は輪姦されるまで処女だった。思い出したくもないがあのビデオの内容から、望は異性に触れられることさえ初めてだったように思える。

もしも望が、しおりにとって親友だったのであれば、大切な幼馴染であったのであれば、まだ救われる。

「あの娘《こ》が親友？　あははは！　冗談……あの娘は奴隷よ」

しおりの言葉がほんのわずかな希望を打ち砕く。

「小っちゃい頃、私に怪我《けが》させた事まだ気にしてて、未《いま》だに私の言いなりになってるのよ？　救いがたい馬鹿《ばか》だわ」

いまいましいといった表情でしおりは続ける。

「あなた達に、私のこと打ち明けようとしなければ、少しは可愛がってやったのに。でしゃばったりするから……あ、そう！　あのビデオ、面白かった？　股座《またぐら》を血まみれにして、豚《ぶた》みたいな悲鳴をあげてたわね」

いまいましそうな顔を急にパッと変えて、ケタケタと笑いながらしおりは言い放った。まるでバラエティー番組のビデオでも見たかのようだ。

「しおりっ！　お前はっ……」

「偉そうに人の事が言えるのかしら？　あなた達だって似たような事してたでしょう」

図星だ。

「あれは……あれは、制裁だったんだ。目的があって……」

だが、俺達には裕子先生の死んだ理由を調べるという目的があった。しおりとは違う。

「私もそうよ。私に逆らった娘への制裁。目的もあったわ……この学園を私の思い通りにするっていうね……さあ、どうするの？　私も制裁する？　今更そんな事してどうなるのかしらね？」

　しおりは、自分で制服の胸元をはだける。肩の近くから腹まで伸びる、大きな傷痕《きずあと》が月明かりに曝《さら》された。

「もちろん……制裁がただの大義名分で、実はあなたの欲望のはけ口だったたって言うんなら話は別だけど」

　しおりは、長机に腰掛けると、俺に見せつけるように足を開いて股間《こかん》を露わにした。

　しおりの真っ白な内股と下着が張り付いた股間に目がくらむ。

「どうしたの？　私を強姦して、それで解決するって言うなら、さっさと犯ればいいでしょう？」

　たじろぐ俺にしおりはクスクス笑いながら、自分の太股の付け根の肉を掴んで見せる。

　下着の裾《すそ》からぷっくりとしたしおりの大陰唇がチラリと顔を覗かせ、俺は思わず、生唾《なまつば》を飲んだ。

「そう考えていたから、四人を犯したんでしょう？　もちろん……あの娘達とはちがって、犯されてただで済ませるつもりは無いわよ？　それぐらい覚悟してるわよ

ね？」

俺は、しおりの白い体を前に、金縛りにあったように動けない。

今までしてきた事は正しかったのだろうか？

いや、もとより正しいかどうかなんて事は、考えていなかった。

じゃあ、俺のしてきた事は一体、なんだったんだ？

狂った欲望に突き動かされるままに裕子先生の死を利用して、先生が救おうとしていた女の子達を、メチャクチャにし、最愛の妹の信頼を裏切って、大切な親友を巻き込んだ。

ただのケダモノ……薄汚いケダモノ……俺の中で誰かが俺に耳打ちしているようだ。

「クックックッ……クッ、クハッ……ハハハッ！　アハハハハハハ！」

しおりの狂気に満ちた笑い声が、頭の中にガンガン響く。しおりの肌が、艶めかしく光っている。

畜生、畜生っ……。

気が遠くなりかけて、頭を抱えてうずくまりそうになったその時。

ふと、しおりの笑い声が途絶えた。

ハッとして顔を上げると、しおりは俺の背後に向かって、目を大きく見開き、口をパクパクさせて声にならない悲鳴をあげている。

「しおりちゃん」

俺の背後から低い声がした。

「とっても楽しそうね」

俺の後ろに立っていたのは望だった。

静かな、抑えた口調。ちょっと暗い表情。

まるで、何事も無かったかの様な普段と変わらない、いつもの様子の望。

しかし、その姿は異様だった。

全裸だ。

ただ一つ身につけているものは黒いレザーのショーツ。

その前部からは、角の様に、禍々《まがまが》しく黒光りするペニスがそそり立っていた。

猥褻《わいせつ》な妄想に出て来るモノそのままに、大げさに歪《ゆが》められた造形のディルドー。

竿《さお》の部分には、クッキリと浮かび上がった血管がリアルに彫り込まれ、亀頭のエッジは鋭く立って、実際のペニスよりも何倍もゴツゴツと節くれだち、よじれ、捻《ね》じ曲がり、滑《こっ》稽《けい》なほどに醜悪だった。

俺に望の身にまとっているペニス付きのレザースーツには、見覚えがある。

以前見た大介が盗撮してきた調査ビデオの中で、清香が使っていたものだ。

「望……何……その格好……」

しおりが搾り出すように震えた声を上げる。

「いいわよ。してあげる。制裁……というよりは、コレは……復讐《ふくしゅう》かな……」

「の……望？　何を言っているのよ、……貴女《あなた》にそんな事出来る訳ないじゃない」

ガチガチを奥歯を鳴らしながら、しおりは望を睨む。

「出来るわよ。信じられない？　……すぐに納得するわよ。確かに出来た、ってね……」

「や……止めなさい！　近寄らないで！　そんな事……許さない！　貴女が私に復讐？

ばかな事言ってるんじゃないわよ！」

しおりは静かに歩み寄る望に向かって、ヒステリックに叫ぶ。さっきまでの余裕のある態度は、もう欠片《かけら》も残っていない。

「貴女……私に逆らえるの？　私の命令が聞けないの？　また、ケダモノみたいな男達の中に放り込まれたいの？」

まるで、追い詰められた小動物が目一杯威嚇《いかく》しているようにさえ見えた。

「アハハハハハ！　逆らえるわよ、あなたの命令なんか聞かないわよ！　またあんな目に遭わされてたまるもんですか！」

望は高らかに笑っている。

あんな目に遭わされて、すっかり人が変わってしまったのだろうか。

いや、人が変わったというよりも気が触れてしまったように見える。

「もう、我慢なんかしないいんだからね……今更遅いだろうけど……あたしもケダモノになっちゃったみたいだからね」

しおりは情けない声を上げてすくみ上がった。

「ひっ……」

「しおりちゃん……あたしね、あなたが泣き叫ぶのが見たくてたまらないの」

カチカチと歯を鳴らして震えるしおりに、望は言い聞かせるようにゆっくりと語りかけ、一歩ずつしおりに歩み寄っていく。

「あなた、偉そうな事言って……処女でしょう？　あたしのつけたその傷のせいで恋人が出来ないんだとか、散々なじってくれたわよね？　責任とれって言ってたわよね……そう……今すぐ責任とってあげるわよ」

望はまるで生気の無い幽霊のようにふわりと手を水平に上げ、ゆっくりとしおりに向かって手を伸ばした。

「あたしが、あなたの処女、奪ってあげるわ……あたしと同じようにね！」

「のっ……望ちゃんっ！　や、やだっ……やめてっ……いやあああ！」

望は逃げようとするしおりを押し倒す。さっきまでのゆっくりとした動きと違い、迅速で、獰猛《どうもう》な動きだ。

望はまるで血に餓えたケダモノのように床に、転がったしおりの上に、のしかかる。

愛撫《あいぶ》も何も無いまま、乱暴にショーツをむしり取り、抱え込んだしおりの股間に、鋭いディルドーの先端を突き立てた。

「ひっ……の、望っ！　そこは……そこはっ……ち、違うっ……やあっ……」

しおりが暴れたせいでずれたのか、望のディルドーが食い込んでいるのは、ヴァギナではなくアヌスだった。

「アハハハ……ホントだ。でも別にいいでしょう……しおりちゃん、こっちの穴も、処女って事には変わらないでしょう？」

「あたしはどっちも経験済みだから、どっちの穴でも、同じ思いをさせてあげる事が出来るわよ」

「それにね……最初からどちらも犯ってあげるつもりだったから、順番が変わるだけよ。ウンチのカスのこびりついたオチ○チンで、しおりちゃんの処女膜、引き裂いてあげる」

ディルドーの先端でしおりのアヌスを捏《こ》ね回す、望の口調はあくまで静かだ。

微笑《ほほえ》んでいるようにさえ思われる。

しかし、それがかえって恐ろしい。今の望なら、微笑みを浮かべたまましおりを殺してしまってもおかしくはない。

しおりは奴隷と言い切り、今までいいように扱ってきた、自分に決して逆らえない望に陵辱されようとしている。

「ひ……ひいっ……ひいいっ……や、やめて……止めて下さい……お、お願い、もう止めて……もう止めてええええ……ひいいいい……」

しおりはボロボロと涙を流しながら望に向かって哀願する。まるで命乞《いのちご》いだ。

「あたしが、何回やめてって叫んだと思う？　何回嫌って、ダメって、許してってって言ったと思う？」

「望……望っ……お願い……何でもするからっ！　これからは、望の言う事、何でも聞くからっ！　それだけはっ……」

バタバタとの無様にのたうちまわりながらしおりは望に条件をだした。

そんなしおりをあざけるように望はクスリと笑った。

「だったら……今すぐ、あたしに犯されてちょうだい」

「望っ……望いいいっ！　あああああああっ！　嫌、嫌、嫌アアアアアアッ！」

望の股間のディルドーが、しおりのアヌスの中に、一気に根元まで沈み込んだ。

「ぎゃあああっ！　や、やあああっ！　や、や、やだあああっ！　あ、あああーっ！」

部屋中に響き渡るしおりの悲鳴が、ビリビリと空気を震わせて壁に跳ね返り、まるでマイクのハウリングの様に頭にガンガン響く。

耳障りな甲高さとその大きさ以上に、喉が破れて血が噴き出す音や、内臓が押《お》し潰《つぶ》される音が混ざっているような、そんな感じがして吐き気がする。

「はあっ、はあっ、はあっ……ひっ、ひぐうっ……う、あううっ……かはあ……」

しおりは、巨大な人造ペニスを一気に突《つ》き挿《い》れられて、その衝撃の余韻と、大きく重い塊を腸の奥にねじ込まれた苦痛に、魚の様に口をパクパクさせて息を継ぐ。

不自然に手足を曲げ伸ばしたまま、体を強張らせて、小刻みに震え、時折、ブルッ、ブルッと、全身に断末魔の様な痙攣《けいれん》を走らせるしおり。

望は下腹に割り広げられたしおりの尻の割れ目を、更にレザーショーツで擦《こす》り上げる。

「ははは……あはははっ！　きゃはははっ……しおり、どう？　気持ちいい？　嬉《うれ》しい？　ねえ、何か言ってごらんなさいよ！」

ディルドーにキツく巻きついて盛り上がっているアヌスの入り口の肉の隙間《すきま》から、ジュクジュクと真っ赤な血が滲《にじ》んで来るのを見て、望が笑い声を上げる。

「うあ……ひあああ……あうっ……や、やだ、望……お願い、動かない……でぇ……」

「クックックッ……何を言っているの。せっかくの処女なんだから、泣き叫んでくれなきゃつまらないでしょ」

望は容赦なく、腰を前後に振り、しおりの未経験のアヌスを容赦なく犯しつづける。

「ぎゃあああ！　やっ、やっ、止めてえええっ！　やっ、裂けるっ、裂けちゃうううう！　ぎゃあっ！　うあ！　うあああ……」

のたうち回るしおり。体を動かせば、それだけ引き裂かれている直腸が引きつり、苦痛が増す事が判っていても、なお抑えきれない苦痛に身をよじった。

その様子を満足そうに見ていた望が、俺の方をチラリと見る。

しおりの体を抱え上げ、股間を俺に見せつけるように示して、にやりと笑った。

俺に、しおりを犯せといっているのだろう。今の狂った望にはとても逆らえない。俺の直感がそう言っている。

「あっ……やだっ！　先輩っ！　何を……やだ、やだ、止めてっ……嫌ッ、ダメッ、嫌アアアアア！」

俺は、ろくに濡れていない、縮み上がったしおりのヴァギナにペニスの先端を押しつけ、一気に貫いた。

「きゃあああああ！　あああっ……うあああああ……」

望の言っていた通り、しおりは処女だったようだ。俺の尖《とが》った亀頭は、確かにしおりの処女膜を引き裂いた。

恐怖にこわばり、肛門に巨大なディルドーをねじ込まれたしおりの膣《ちつ》は、指さえも入らないほど狭まり、乾ききっていただろう。

だけど、俺は苦痛も快感もろくに感じなかった。

学園のアイドルの、佐倉しおりを犯しているというのに、まるで操り人形の様に、何の感動もなく突き挿れ続ける。

状況のあまりの異常さ、現実感のなさ。まるで、濃い霧の向こうで、他人が演じている芝居を見ているようだ。

「うあ、うあ、うあああ……あああ……ぐあああああっ……」

「ひっ、ひっ、ヒャハハハハハハ！　いい、可愛いわよ、しおり！　もっと……もっと可愛がってあげる！」

狂ったように喚《わめ》きながら、望が、しおりの中に突き挿れたペニスで直腸を擦り上げる。

俺のペニスが肉の壁越しに揉《も》みしだかれて、しおりの中でドンドン膨れ上がっていく。

異常な状況のせいか、すぐにでも出してしまいそうだ。快感なんかは無い。

ただ、望に促されるまま、しおりを犯す。今の俺は股間のディルドーと同じ、望の道具なんだ。

「う、うあああっ……出る、出るうっ……う、う、うあああああっ！」

「あははは！　いいわよ、しおりちゃん……根岸先輩に、タップリ注ぎ込んでもらいなさい！」

望が腰の動きを速め、ディルドーの動きを更に深く、大きくしていく。

「や、やだ……やだ、駄目、駄目っ！　駄目えええっ！　駄目なの、危ないのっ……出来ちゃうっ……いやあああ！」

しおりの悲痛な叫び声も、聞こえてはいるのだが、まるで意味が判らない。ただの物音か、外国語のようだ。

「うっ……出るっ……くっ……う、う、う……うあああっ！　あああっ……」

ひきつるしおりの膣の奥で俺のペニスが一回り大きくなり、そして脈打つ。

びゅっ、びゅるっ……どくっ……どびゅっ……。

熱いドロドロとした塊がペニスの先端から放出している感触はある。でも、それが気持ちいいとか、我慢しなくてはとか、今の俺にはまったく無い。

俺の熱い精液をしおりは子宮で受け止め、体をビクビクと痙攣させている。

「あれあれ？　しおりちゃん、オマ○コの中に精液ぶち込まれて感じてるのかしら？　ビクビク動いてるわよ」

「嫌あああ……駄目、駄目え……赤ちゃん、出来ちゃう……出来ちゃうよぉ……うあああ……」

俺がペニスを引き抜く。ポッカリ開いたしおりのヴァギナから、真っ赤な血と精液が混ざり合い、白と赤の斑《まだら》になりながらドロリと溢《あふ》れ出す。

グッタリと力が抜けたしおりの体を、望が抱きとめた。

「本当に、可愛いわね……コレでしおりも女になったって訳ね……ヒャハハハ……」

「うああ……あああ……あああああっ……あああ……」

呻《うめ》き続けるしおりは、放心状態でだらしなく開いた口元から、ダラダラと涎《よだれ》を溢れさせている。

「しおり……これで同じね……同じ……また、昔みたいに一緒に遊べるね……」

望は、その体を優しく愛撫しながら、ウットリとしおりの耳元に囁《ささや》き続けていた。

これで俺の制裁は終わった……。

親友達を巻き込んで、七人もの女の子を調べ上げ、六人の女の子を制裁の名目で強姦して……。

結局、誰も裕子先生の死には関係なかった。

俺もしおりと同様、ただのケダモノなのだろう
制裁が終わり、俺の中にはただの嫌悪感だけが残った。

エピローグ

裕子先生のリストにあった女の子達は全員、問題はあったものの、裕子先生の死に関わりがなかった。

自分が今までしてきたことは一体なんだったんだろう。

そんな事を考えながらリビングのソファーに体をグッタリと預けていた。

その時、玄関のチャイムが鳴った。

「はーい。今出ますー」

パタパタパタパタ……と、きづなのスリッパの音が廊下を横切っていく。

玄関のドアが開く音。そして話し声。

「お兄ちゃん……お客さんだよ」

きづなの後ろに隠れるように、リビングに入って来たのは……。

「望？　一体どうして……」

「……ん……あの……えっと……」

望は視線を落としてモジモジとしている。

無理もない。俺だって何を話せばいいのか判らない。

わざわざ家に来たのは、昨夜の事以外には考えられない。

「あ、あの……望先輩。とりあえず、座って下さい。今、何か……お茶でも……」

気まずい沈黙に、きづなまで訳が判らずオタオタしている。

「あ……きづなちゃん。ごめんなさい。気を遣わなくていいから……」

今にも消え入りそうな、やっと聞こえるような小声。

望はチラチラときづなの方を気にして、目を伏せた。

昨夜のことで来ているなら、きづなのいるところでは話せない。

「どうしたの？　何か……相談でも？」

俺は適当に理由をつける。自分でも声がうわずっているのが判った。

「え？　……あの……は、はい……」

望も俺が何を言いたいのか理解したようにあわせる。

「部屋……行こうか？」

望も無言のままコクリと頷《うなず》く。

「きづな、お茶はいいから」

きづなは何か言いたそうだったが、人の相談ごとまで首を突っ込むほど野暮ではないらしく、しぶしぶ頷いた。

俺の部屋で俺と二人きりになると、望は体を固くして小さく震え始めた。

「望……どうしたんだ？」

「知ってますよね……先輩。この間の日曜日、私が何をされたか……」

言葉が出てこない。やっと小さく頷く事が出来ただけだった。

「あれから……私、男の人が傍にいると、怖くてたまらなくて……こんな風に、同じ部屋に二人きりなんて……初めてで……」

望はキュッと手を握《にぎ》り締《し》めて、歯を食いしばっている。

「だったらどうして？　無理をしないでくれ。俺が怖いなら、今すぐ帰ってもいい……」

「で、でもっ……話さなくちゃ……私、昨夜はおかしくなっていたんです。あんな事……私……私は……」

息を荒く乱して唇を噛《か》み締め、掌《てのひら》に爪《つめ》を食い込ませて、涙を絞り出しながら、望はたどたどしく言葉を繋《つな》ぐ。

思わず抱き締めたくなるけれど、男を恐怖している望にそんな事をすれば、爆発してしまいそうだ。

「望……判ってる。判ってるから。望みたいな目に遭えば、おかしくなっても当たり前だよ。望は悪くない。それより、あの後……どうしたんだ？」

「私が、しおりちゃんを家に連れて帰りました。家の人、留守みたいだったから、そのまま泊まったんです……私がしおりちゃんの家を出た時は、まだ眠っていました」

「そうか……」

目を覚ました時しおりは一体何と言うだろう。

「先輩……私はもう、このまま……おかしくなっちゃうのかもしれない……あんな事して……男の人は怖くて……」

「大丈夫だよ。俺とこうして、ちゃんと話が出来てるじゃないか。おかしくなんか……」

望は俺がたどたどしく繋ぐ慰めの言葉を、上目遣いにジッと見つめて遮る。

そうだ、俺には望を慰める資格なんか無い。今まで制裁と言ってやってきた事は、望に男どもがした事と同じだ。

「先輩……お願い、出来ますか？」

「ああ……望。何でもするよ」

望は俺達……いや、俺のせいであんな目に合ったんだ。望の願いなら何でも叶《かな》えてやりたい。少しでも償いになるのなら何でもしてやりたい。

「抱いて下さい」

望の一言に思わずドキッとした。

「望？　どうして……そんな……」

「私……怖いんです。自分はもう、男の人と普通に愛し合えるかどうか判らない……だから……お願いです」

俺は無言のまま首を横に振った。

「……私、汚れてますか？　男の人達にメチャクチャにされて……精液にまみれて……」

「違うよ。その逆だから抱けない。汚れているのは俺の方だ。望も知っているだろ？」

望の瞳《ひとみ》には薄っすらと涙が浮かんでいる。

そんな望を見ていると、もうどうしようもなく、俺は望を抱き締めた。

望は小さな悲鳴を上げたが、抵抗しない。

柔らかい望の髪のリンスの香が鼻腔《びこう》をくすぐる。

「それに……望のこと、誰《だれ》よりも信じてて、誰よりも大事に想《おも》ってる奴《やつ》を俺は知ってるんだ……だから、俺なんかが望を抱いちゃいけないいんだ」

俺は望の耳元で囁《ささや》いた。

望は力なく、ゆっくりと俺の腰に手を回してくる。

俺の腰に回された手に力が入ると同時に、望の肩が小刻みに震えだし、鼻をすすり上げる音がした。

「根岸先輩……ありがとうございます」

そう言うと望は腰から手を離し、俺からゆっくりと離れた。

今の望の顔に翳《かげ》りは無かった。

「根岸先輩……私、先輩に謝らなくちゃならないことがあるんです」

翳りが無くなった筈《はず》の望の表情が再び曇る。

「綾瀬先生が死んだ日……弓ちゃん、私と保健室にいたって、言いましたけど……あれは、嘘《うそ》なんです。しおりちゃんに、そう言うように言われていたんです」

望の声が、ヤケに遠く聞こえる。
俺は望から目を逸《そ》らし、歯を食いしばって、拳《こぶし》を固めた。
橘弓のアリバイは完全に崩れたことになる。
なぜ、弓は黙っていたのだろう。
まさか、本当に弓が裕子先生を……コ……ロ……シ……タ……。
「先輩？　先輩っ！　そんな……怖い顔しないで……」
望が、悲鳴の様な声を上げて俺の名を呼ぶ。それで、ようやく俺は我に返った。
望が、怯《おび》えきった目で俺を見ている。よほど恐ろしい顔をしていたんだろう。
「ありがとう……明日にでも、弓に話を訊《き》いてみる」
俺は息をなんとか整えて、冷静を装い望に言った。
その後、望が何を言っていたのか覚えていない。

……翌日。
もう、制裁も調査も無い。何事も無かったかの様な日常。
しおりと望は学園に来なかった。
しおりにしろ、望にしろ、これからどうするか決めるには、もうしばらく時間がかかるのだろう。

授業が終わり、俺は真相を聞き出すべく、弓を探した。

弓は屋上のコンクリートの床に座り込んで、焦点が合っていない目で、ボンヤリと空を見上げていた。

「弓？　弓っ……」

声を掛けるが、弓は身じろぎもしない。気付いていないのか、気付こうともしていないのか。呆《ほう》けたように、力なく座り込んだままだ。

ゆっくりと歩み寄る。俺の影が顔にかかっても、死んだようにグッタリとして、目すら動かさない。

本当に死体みたいだ。背筋が寒くなって、俺は声を張り上げ、弓の小さな肩を掴《つか》んで揺さぶった。

「弓っ！　弓っ！　返事をしろ！　弓っ！」

ようやく、ノロノロと首を回して俺の方を見る。

しかし、その目はドロリと濁って光が無い。

まるで死人だ。

「……何？」

ゆっくりと立ち上がって、無表情に俺を上目遣いに見ながら、低い声を絞り出す。

「何をしているんだ？」

「あなたこそ、何しに来たの」

「訊きたい事があるんだ……もう、はぐらかさずに答えてくれ」

「佐倉先輩……制裁したんでしょ」

冷たく、まるで無感情に言う。背筋を、冷たいものが走る。体を震わせる俺を、横目で見て、弓は続ける。

俺は言葉にせず、弓の問い掛けに目で返事をした。

「そう。やっぱり……だったら、もう何もかも判っているでしょう？　佐倉先輩の命令で、教師や男子に体を差し出していた……全部、本当の事」

「裕子先生は……その事を？」

弓はゆっくり頷いて、口を開いた。

「綾瀬先生がどこまで知っていたかなんて、今はもう判らないわ。……だけど、私のしていた事の内の、ほんのわずかでも、私のために必死になるのに、十分だった……」

「そうだな。そういう人だったよ」

「だから、私の代わりに死んだの」

一瞬、何を言ったのか判らなかった。気付いた時には、弓の小さな肩を、力任せに両手で握り締めていた。

「どういう事だ……お前の代わりに裕子先生が死んだって？　一体それは……話せ！」

「綾瀬先生は、いつも私を呼び出して……ココで、私を説得してた……力になるからって。私を助けたいって……」

裕子先生が俺ときづなとの約束を破ってベロンベロンに酔ってきた日の事が、傷ついた先生を抱いた夜の事が、思い出されて頭をよぎる。

「やっぱり……お前の事だったんだな……先生……悩んでたよ」

「でも……私は、何も話さなかった。助けて欲しいなんて……思ってなかった……」

弓の表情が、グニャリと歪《ゆが》み、無表情だった目に、ジワリと涙が滲《にじ》み出た。

「放っておいてくれれば良かったのに……そうしたら……私……綾瀬先生を……殺さずに済んだのに……」

何度もしゃくりあげながら、次第に小さくなっていく声。

「弓……今、何て言った？」

「綾瀬先生が死んだ日の事、でしょう？　私……死のうとしたの」

『死』という言葉を出した瞬間だけ、弓は穏やかな顔をしたような気がした。

「私に関《かか》わり合ったら、綾瀬先生まで……何されるか判らないのに。どんなに言っても……私の事助けたいって言って……私……もう……どうすればいいか判らなくなって……」

弓は、チラリとフェンスの外れた所に目をやる。

「飛び降りようとしたの。あそこにあったフェンスを乗り越えて」

「弓……そんな……そんな事を……」

「すごい勢いで引きずり下ろされたわ。綾瀬先生……様子がおかしいって聞いて、駆けつけたんだと思う。息を切らしながら、泣きながら、私を何度もぶって……」

弓が、言葉に詰まる。俺はもう一度、フェンスの落ちた辺りを見る。

目に見えるような気がした。フェンスをよじ登り、自殺しようとする弓。必死にすがりついて止める裕子先生。

古びてガタついたフェンスは、ガチャガチャと激しく揺さぶられ、音を立てる。

ようやくフェンスから引《ひ》き剥《は》がした弓を、泣きながら、何度も打つ裕子先生の姿。

俺の背中に、嫌な感じの汗がダラダラ流れる。

「私がガタガタにしたフェンスに寄りかかったの……何が起こったのか、まるで判らなかった……先生の体が、フェンスごと、向こう側に……スーッって……消えていったの……私のせいで……私を助けて……先生は……」

弓が顔を伏せる。コンクリートの床に、ポタポタと涙が落ちて、点々と染みを作った。

言葉が出ない。何も考えられない。

弓の言う通りだとしたら、裕子先生は、事故死ということになる。

「私が……私が殺したのと同じ……私のせい……綾瀬先生……」

「弓……それは……」

「してよ、制裁……いくら事故だって言っても、私が綾瀬先生を殺した事は変わらない」

弓はそろえた両手を差し出す。その細い手首に、機械の様に、手錠を押し当てた。

そのまま、俺はしばらく躊躇《ためら》った。手が震えて、握り締めた手錠がカチャカチャと耳障りな音を立てる。

「どうしたの？……早く、私を制裁してよ。私を……メチャクチャにしてよっ……」

俺は、手錠を握り締める。冷たく鋭い金属の縁が食い込む。血が滲むほど食い込ませて、弓の細い手首に、金属の環《わ》を巻きつけた。

鋭い金属音が、やけに甲高く耳に響く。

「何をボンヤリしているの。するんでしょう、制裁」

歯を食いしばって目を伏せている俺に、弓は冷たく言い放つ。なんていう目で俺を見るんだろう。光の無い、闇《やみ》の様に虚《うつ》ろな瞳。その視線に、俺は耐えられない。

「向こうを向いてくれ。お前の顔を見ながらじゃ、出来ない……俺を見ないでくれ……」

弓は、軽蔑《けいべつ》したように鼻を鳴らして、後ろを向き、ガシャン！と、癇《かん》に障る音を立てて、フェンスの金網を掴む。

俺は、ノロノロと弓の後ろに立ち、覆い被さるように両手を伸ばして、弓の小さな乳房を掴むと、引き裂くように制服の前をはだけた。

「ううっ……もっとっ！　もっと強くっ……乱暴にしなさいよっ……」

弓は体をよじり、小さな尻を突き出して、コリコリと俺の股間《こかん》に擦《こす》りつけて、ムクムクと膨れ上がって来るペニスを押《お》し潰《つぶ》し、擦り上げる。

スカートを乱暴にたくし上げ、ショーツの中に手を突き入れ、指先を食い込ませながら、柔らかな弓の股間の膨らみを握り締めた。

「んうっ！　ん、くうっ……はあ、はあ、はあっ……」

震える手で、反り返ったペニスをズボンの中から掴み出す。

ろくに濡れてもいない弓のヴァギナに指を突っ込んでこじ開けた。

そしてそのまま、根元まで、体重をかけて一気に突《つ》き挿《い》れる。

「うあああああっ！　あああ……ああああああっ……」

ガシャン！と、フェンスが鳴る。弓は握り締めた金網を、ギシギシと軋《きし》ませて、背中を反らせた。

弓の髪がサラサラと流れて、目の前に露わになる真っ白なうなじ。俺は何も考えずにむしゃぶりつく。

体重をかけて、弓のヴァギナを、ペニスの根元で押し広げ、亀頭の先端で、弓の体の奥の、コリコリした肉の塊を押し潰した。

「ううっ、ううっ……くっ！　んっ！　はあっ、はあっ……うあああ！　あああ！」

ガシャン、ガシャン、ガシャン……と、フェンスが鳴り続ける。

弓は這《は》い上がろうとするかの様に、針金の食い込んだ指を、真っ白になるほどきつく握り締め、金網をギシギシと軋ませた。

涙でグショグショに濡れた頬《ほお》を金網に押しつけて、背中を、折れるほどに反り返らせて、俺の体とフェンスの間で押し潰される。

「うあああ！　ひっ、ひあああ……あ、あぐううう……」

ねじ込まれる肉の塊に膣内からはらわたを押し潰され、乳房を揉《も》みしだかれ押し潰されて胸を締め上げられ、苦しげに喘いでいるだけだ。

それでも弓は小さな尻を跳ね上げ、強引に俺の下腹に押しつけて、自分のヴァギナを抉《えぐ》り、責めつけようとする。

「んっ！　くうううっ……もっと、乱暴にっ……もっと、きつく……うっ、うああっ！」

跳ね上がる弓の体を、鷲掴《わしづか》みにした乳房を握り締め、絞り上げて押さえ込み、深く奥まで突き挿れたペニスをゴリゴリと暴れさせた。

深く、強く、ねじ込むように抉る度に、弓の体が、フワリフワリと浮かび上がる。

「ぐあっ……あ、あひっ……先輩っ……突いて、突き上げてっ！　うあああっ……」

つま先立ちして、突っ張った脚。ブルブル震えている太股《ふともも》に、俺の太股がぶつかり擦り上げる。

弓の体から、甘酸っぱい汗の蒸気が、ユラユラと立ち上り、のしかかった俺の体を包む。

「痛くして！　もっと痛くしてっ！　裂けちゃうくらい……ううん、裂いて！　私のオマ○コ、引き裂いてっ！」

次第に弓の内側がジワジワと濃い蜜《みつ》で湿り始め、強張《こわば》っていた弓の肉は柔らかく波打ち、俺のペニスにヌルヌルと絡みつき始めた。

巻きつき、締め上げて来るような感触。弓の奥は、キュウウウッと絞られて、固く張り詰めた亀頭を押し潰す。

こんなメチャクチャな責めなのに、弓の体は反応している。

「やだ、やだっ……うあああ……イッちゃダメッ！　ダメ、これは罰……罰なのにっ……ああ、私っ……どうして……どうして！」

俺のペニスを締め上げ、押し潰している弓の内側の肉が、ビクンッ……ビクンッ……と引きつった。

ガシャ、ガシャ、ガシャ……フェンスの軋みは、次第に速く、鋭くなっていく。

弓の股間に突き挿れた手の指で、肉が盛り上がるほどキツく俺のペニスを締め上げているヒダを掻《か》きむしる。

俺は膨れ上がっているクリトリスを、激しく出入りしている俺のペニスに押しつけ、押し潰した。

「やだ……イッちゃうっ！　ダメ……嫌ああ！　イッちゃうよおおおっ！」

ビクンッ……ビクンッ……反り返った弓の体が、更に引きつって浮き上がる。

泣き叫びながら、弓が絶頂を迎えた。

ズキンッ……ズキンッ……俺のペニスを締めつけている肉が、傷口の様に膨れ上がる。

「うあっ……あああ……あ、あ、あ……あああああーっ！　うあああ……ああーっ！」

絶頂を迎えて、すがりついたフェンスにグッタリとぶら下がる弓から、ペニスを引き抜く。

危うく俺は、もう少しで弓の膣内《ちつない》に精液をぶちまけてしまう所だった。

もう、こんなのは嫌だ。陵辱することが制裁だなんて、そんなのは間違っている。

俺は、まだ金網にしがみついて震えている弓の腕に手を伸ばす。

その手が、弓の細い腕にそっと払いのけられた。

「まだ……コレを外すのは早いでしょう？」

タップリと溢《あふ》れた愛液でドロドロに汚れながら、大きく膨れて反り返っている俺のペニスを、弓が握り締める。

「今《こ》のでおしまい？　これじゃ足りない。制裁になってない……思い切り酷《ひど》くして！　他の娘にはそうしたんでしょ？」

俺は射精寸前で敏感になったペニスを握られ俺は思わず腰を引く。

だけど、弓はシッカリと俺の股間を鷲掴みにして放さない。

「ゆ……弓っ！　は、放せっ……止めろ！　もう、俺は……こんな……もういいっ……」

「先生の仇《かたき》を取りたいんでしょ？　そのための制裁だったんでしょ？　しなさいよ！　メチャクチャに犯《や》りなさいよっ！」

弓は俺の前に跪《ひざまず》き、ペニスにかぶりついた。自ら小さな口に強引にねじ込む。

「ゆ……弓っ！　うあっ……あ、あ……」

俺のペニスの根元を、シッカリと片手で掴み、片手を袋の付け根から肛門に向けて添え、揉むように指を動かしながら持ち上げた。

弓の口の中に、熱い唾液《だえき》が溢れて来るのが判る。

弓の柔らかな舌が、ペニスに巻きつき、這い回って、絡みついている俺と弓の体液を舐《な》め取り、唾液と一緒に捏《こ》ね回して、再び擦りつける。

イク寸前だった俺のペニスは、ビクビクと震えて更に膨れ上がり、締めつけて来る弓の唇を捏ね回し、巻きついて来る舌を押し潰す。

弓はズキズキ脈打ち跳ね上がるペニスを、小さな手で握り締め、手錠の鎖をチャラチャラと鳴らしながらしごき上げた。

「ん、んっ……んふ、んふうっ……ね、上手《うま》いでしょう？　私……こんな事、いつもさせられてたんですよ。佐倉先輩の命令で……」

唇から溢れさせた唾液をペニスの竿《さお》に滴らせ、握り締めた手でヌルヌルと引き伸ばし、捏ね回す。

弓の口の端から、こぼれた唾液は、はだけた胸にも滴り、白い肌を汚していく。

「……ん、んっ……出そう……いいんですよ、このまま出して……」

こみ上げて来る熱い塊に、ビクビク震えているのを感じて、弓は先端の穴を舌先でほじくりながら、音を立てて吸い上げる。

「弓っ！　俺は……俺はっ……」

「何も言わないで。出して……思い切り、私を汚して……んぐっ、んっ……」

ズキンッ……と、根元が張って、熱い塊が、ペニスの中を擦り上げながら盛り上がって来た。

「出る……弓っ……出るっ！」

俺は咄嗟《とっさ》に腰を引く。俺のペニスは弓の口からジュポンと抜け、弓の顔目掛けて熱い塊をぶちまけた。

どくんっ！　びゅっ、びゅる……どくっ！　どくっ！　びゅるっ……。

濃く、ドロリと固まった精液は、弓の丸い頬にぶち当たって、ビシャッと弾《はじ》け、白い飛沫《しぶき》を飛び散らせる。

「あああっ……熱い……はあ……はあ……はあっ……」

呻《うめ》きながら、俺の精液を顔に受け止める弓は、ペニスの先端を頬に押し当て、止めどなく噴き出して来る精液を、自分の顔に塗りつける。

ダラダラと、まぶたの上から鼻筋に垂れて、頬に滴り唇に流れ込む精液を、小さく音を立てて啜《すす》りこむ。

「弓っ！　こんな事……もう、俺は……こんな事をしたって……」

「はい……なんとも思いません。同じです、最初の時と……何をされても……もう、私は……構わないから……」

そう言いながらも、弓は、精液まみれの顔を拭《ぬぐ》おうともせず、俺のペニスを舐め回し続ける。

「弓っ！　もう止めてくれっ……俺は……俺はっ……」

「んぐ、むぐっ……ダメです……私を制裁するんでしょう？　懲らしめるんでしょう？

この程度じゃ……私の罪は……」

「だけどっ……俺は……俺は……」

俺の思いとは裏腹に、俺のペニスは、弓の愛撫《あいぶ》で再び固く膨れ上がり、大きく反り返る。

「弓……すまない。もう、制裁とか……罰とか……俺には無理だ……」

俺は弓の体から逃げるように、離れる。

「俺には、お前を罰する資格なんか無い……今まで、資格なんか要《い》らないと思ってた……

だけど……」

おれは無様に反り返ったペニスをズボンに無理やり押し込むようにしまいながら言った。

「……そうですか……」

「弓……俺に出来る事は……」

弓はそんな俺を悲しげな瞳で見つめた。

「独りにしてもらえますか。制裁が出来ないなら……先輩が私に出来る事はありません」

俺も、弓の目をまっすぐに見る。もう、俺は誰も制裁なんてしたくない。目一杯の念を込めて弓を見つめる。

俺たちは、しばらく、言葉もなく見つめ合った。

やがて、気まずい沈黙を破るようにチャイムが鳴る。

それを合図にするように俺は、結局何も言えず、弓から手錠を外して、その場を後にした。

教室に置いてきた荷物を取りに向かう廊下で俺はふと、足を止めた。

全《すべ》てが終わったはずなのに俺には迷いが残っている。何も納得がいっていない。

この釈然としない気持ちは、裕子先生の死が事故であると判明したからだ。

もう一度、弓に会って俺はこの気持ちの答えを求めずには居られなくなり、屋上へと引き返した。

「どうして戻って来たの」

弓は、屋上の裕子先生が落ちた、フェンスの無くなった端にたたずみ、裕子先生の死んだ裏庭を見下ろしていた。

夕焼けに白い頬を赤く染め、風に吹かれて、俺の方を振り返る。

「もう、制裁は済んだでしょう……まだ足りなかったかしら？　もう一回、する？」

何も言えずに立ち尽くしている俺に、落ち着いた声で、ゆっくりと話し掛けて来る。

「他にも、一緒に制裁していた仲間がいたでしょう。呼んでくればいいわ」

澄んだ瞳。静かに微笑《ほほえ》んでいるような口元。悲しげに、かすかに微笑みながら、優しい声で、俺に言い聞かせるように。

「そうしたいって言うなら……私の事、満足いくまで、なぶりものにしてちょうだい。構わないから」

俺は堪《こら》えきれなくなって叫んだ。

「違う！　そんな……そんな事、考えているんじゃない！　ただ、俺は……これで終わりなんて、納得がいかないんだよ！　それだけなんだ……」

弓は、一つ静かな溜《た》め息をついて目を伏せる。

「そうね……私もそう思う。何も……終っちゃいない。あなたに犯されても、何の償いにもならなかった……」

　そうだ、俺達のしてきた制裁は、何の意味も無かった。ただ、女の子を苦しめただけだ。当たり前だ。制裁して解決になるなら、裕子先生はあんなに悩んだり苦しんだりはしなかった筈だ。

　どんなに懲らしめた所で解決にはならない。

　だからこそ、先生は必死に皆を助けようとしてたんだ。

　それなのに俺は、裕子先生を失った苦しみを、ただ乱暴に、女の子達にぶつけていただけだった。

「弓っ！　俺は……俺達のしてきた制裁は……何の意味も無かった。認めるよ……」

「そう……そうね。あなたのした事は、ただの陵辱。私の罪の償いにはならない……」

　悲しそうに笑う弓。

「だから、ね……最初から、私が死んでいればよかったのよ……だから、そうするの」

　弓が、屋上の端に足をかける。俺は叫んだ。

「待てっ！　や、止めろっ……ばかな事っ……」

「近づかないで！」

　弓は駆け寄ろうとした俺を睨《にら》みつける。その目に射られるように、胸が痛み、俺は体を強張らせた。

「ふざけるな！　勝手に死ぬなんてわがままが通るかっ！　裕子先生が、お前のためにどれだけ苦しんで……悩んで……」

慣れない酒に溺《おぼ》れて、俺なんかにすがって、それほどまでに、裕子先生は弓を助けようとしていたんだ。

必死に弓を引きとめようと叫ぶけれど、吐き気のする程の自己嫌悪が、俺の胸を押し潰す。

「裕子先生、最後の日の朝、言っていたよ……きっとあの娘を助けて見せるって……お前の事だよ！」

「その私に、あなたは何をしたの？　綾瀬先生が助けようとしていた他の子達に、あなたは何をしたの？」

弓の言葉に、非難の色は無い。

何もかも諦《あきら》めた穏やかさ。

絶望の温かさ。

優しく諭すような物言いだ。

「結局、誰も助からなかったわ。私は綾瀬先生を殺した。あなたは、皆を陵辱した」

弓は、ニッコリと笑って見せる。疲れきった笑顔だ。

「もう遅いでしょ？　あなたのした事も、私のした事も、白紙には戻せない。綾瀬先生は還《かえ》ってこない」

「遅くなんかっ……先生だって、諦めなかった……メチャクチャに悩んで、苦しんで……それでも……助けてみせるって……」

ハッとする。こんな事、本当は、俺が言うまでもない事だ。

裕子先生が、どれほど弓を助けたかったか、弓自身が一番知っていた筈だ。

弓にとっては、裕子先生こそが、希望だった。

「私はその綾瀬先生を、殺したの」

弓の髪が、フワリとなびく。小さな体が、ゆっくりと傾いてゆく。

咄嗟に手を伸ばし、弓の手を握り締めた。

弓の足が、屋上の床から離れる寸前だ。

ズンと俺の腕に、弓の全体重が圧《の》し掛かる。

「は、放してっ……あなたまで死ぬつもり？」

「そうだよっ！」

暴れる弓の手を捕まえ、手錠をかけた。そして俺の手にも。

「や……何？　何でこんなもの……」

「飛び降りて、それが正しいって言うなら、俺だって同罪だろう？　死んで、本当に解決になるなら……俺にとっても願ってもない事だ。そうじゃないのか？」

「先輩っ……だけど……先輩は……」

俺は力いっぱい、弓を引く。弓の傾いた体は徐々に起き上がり、そして吸い込まれるように俺の胸へと雪崩《なだれ》込んでくる。

「判ってるんだろう？　解決にはならないって事……裕子先生に、助けて欲しかったんだろ？」

「そうよ。助けて欲しかった……助かりたかった。助けてくれるのは、綾瀬先生だけだった……その綾瀬先生を……殺して……私はどうすればいいの？　どうすれば助かるの？」

弓は、俺の胸座《むなぐら》を掴んで叫ぶ。涙声混じりの、掠《かす》れた悲鳴。何度も俺の胸を、力いっぱい握り締めた拳で叩《たた》いて、叫び続ける。

「どんな制裁を受ければいいの？　どうすれば償えるの？　教えてよっ……先輩っ……判らないようっ……」

俺の胸に、前髪を押し当て、小さな肩を震わせて、カリカリと、俺の胸に爪を立てて掻きむしりながら、泣きじゃくる弓のその髪にそっと掌を押し当てるように、小さな頭を抱き寄せた。

「他にどうしようもないのなら……苦しむんだ」

「先輩……」

「苦しまなくちゃいけない……人を死なせて、女の子を犯して……俺も、お前も……苦しんで当たり前だ」

抱き寄せた手にゆっくりと力を入れる。弓の俺の胸座を掴んでいた力が緩み、俺に体を預けてきた。

「だから、一緒に苦しもう」

俺は頬を弓の頭に摺《す》り寄せながら続けた。弓の柔らかい髪がサラサラと俺の頬をなぞる。

「償える時が、許される時が、来るかどうかは判らない。だけど……その時まで、一緒に苦しみ続けよう……」

「うっ……う、う……うああ……あああ……ああああー っ……あああーっ……」

俺の胸にすがりつき、声の限りに泣き続ける弓を、俺は力いっぱい抱き締めた。

西に傾いていた太陽は、いつしか沈み、夕闇が、冷たく、重い、手錠で繋がった俺と弓を包んでいた。

俺達の陰を覆い隠すように。

END

あとがき

はじめまして。

性裁～白濁の禊～をノベライズさせて頂きました谷口東吾です。

執筆にあたって、何度もプレイいたしました。

原作ゲームはボリューム満点で、仕事を忘れるぐらい、楽しませて頂きました。

エンディングも沢山ありますし、エッチシーンも様々なバリエーションがあります。本編に登場したエッチシーンは極々一部です。

特に、妹きづなとのエッチもあり、お兄ちゃん属性を持っている方は要チェックですよ。

ゲームはまだしていないという方はぜひ、プレイしてみて下さいね。


編集長様、スタッフの皆様、ならびにブルーゲイル様、大変お世話になりました。

某メールゲームのスタッフの皆様、穴をあけてすみません。

そして、この本を手にとって下さった方、ありがとうございます。

再び、お目にかかれる日を楽しみにしております。

谷口東吾

性裁～白濁の禊～

2002年6月25日 初版第1刷発行

著　者　谷口 東吾
原　作　ブルーゲイル
原　画　DOH250R

発行人　久保田 裕
発行所　株式会社パラダイム
〒166-0011東京都杉並区梅里2-40-19
ワールドビル202
TEL03-5306-6921 FAX03-5306-6923

装　丁　林 雅之
印　刷　図書印刷株式会社

既刊ラインナップ

定価 各860円+税

1 悪夢～青い果実の散花～
2 脅迫
3 痕～きずあと～
4 慾～むさぼり～
5 黒の断章
6 淫従の堕天使
7 Esの方程式
8 歪み
9 悪夢 第二章
10 瑠璃色の雪
11 官能教習
12 復讐
13 淫Days
14 お兄ちゃんへ
15 緊縛の館
16 密猟区
17 淫内感染
18 月光獣
19 告白
20 Xchange
21 虜2
22 飼
23 迷子の気持ち
24 ナチュラル～身も心も～
25 放課後はフィアンセ
26 骸～メスを狙う顎～
27 朧月都市
28 Shift!
29 いまじねぃしょんLOVE
30 ナチュラル～アナザーストーリー～
31 キミにSteady
32 ディヴァイデッド
33 紅い瞳のセラフ
34 MIND
35 錬金術の娘
36 凌辱～好きですか?～
37 MydearアレながおじさんS
38 狂＊師～ねらわれた制服～
39 UP!
40 魔薬
41 臨界点
42 絶望～青い果実の散花～
43 美しき獲物たちの学園 明日菜編
44 淫内感染～真夜中のナースコール～
45 MyGirl
46 面会謝絶
47 偽善
48 美しき獲物たちの学園 由利香編
49 せ・ん・せ・い
50 sonnet～心かさねて～
51 リトルMyメイド
52 flowers～ココロノハナ～
53 サナトリウム
54 はるあきふゆにないじかん
55 プレシャスLOVE
56 ときめきCheckin!
57 散櫻～禁断の血族～
58 Kanon～雪の少女～
59 セデュース～誘惑～
60 RISE
61 虚像庭園～少女の散る場所～
62 終末の過ごし方
63 略奪～緊縛の館 完結編～
64 Touchme～恋のおくすり～
65 淫内感染2
66 加奈～いもうと～
67 PILE・DRIVER
68 Lipstick Adv.EX
69 Fresh!
70 脅迫～終わらない明日～
71 うつせみ
72 Xchange2
73 M.E.M.～汚された純潔～
74 Fu・shi・da・ra
75 絶望～第二章～
76 Kanon～笑顔の向こう側に～
77 ツグナヒ
78 ねがい
79 アルバムの中の微笑み
80 ハーレムレーサー
81 絶望～第三章～
82 淫内感染2～鳴り止まぬナースコール～
83 螺旋回廊
84 Kanon～少女の檻～
85 夜勤病棟
86 使用済～CONDOM～
87 真・瑠璃色の雪～ふりむけば隣に～
88 Treating 2U
89 尽くしてあげちゃう
90 Kanon～the fox and the grapes～
91 もう好きにしてください
92 同心～三姉妹のエチュード～
93 あめいろの季節
94 Kanon～日溜まりの街～
95 贖罪の教室
96 ナチュラル2 DUO 兄さまのそばに
97 帝都のユリ
98 Aries
99 LoveMate～恋のリハーサル～
100 恋ごころ
101 プリンセスメモリー
102 ぺろぺろCandy2 Lovely Angels
103 夜勤病棟～堕天使たちの集中治療～
104 尽くしてあげちゃう2
105 悪戯Ⅲ

最新情報はホームページで！　http://www.parabook.co.jp

106 使用中～W.C.～ 原作：ギルティ　著：萬屋MACH
107 せ・ん・せ・い2 原作：ディーオー　著：花園らん
108 ナチュラル2DUO お兄ちゃんとの絆 原作：フェアリーテール　著：清水マリコ
109 特別授業 原作：BISHOP　著：深町薫
110 Bible Black 原作：アクティブ　著：雑賀匡
111 星空ぷらねっと 原作：ディーオー　著：島津出水
112 銀色 原作：ねこねこソフト　著：高橋恒星
113 奴隷市場 原作：ruf　著：菅沼恭司
114 淫内感染～午前3時の手術室～ 原作：ジックス　著：平手すなお
115 懲らしめ 狂育的指導 原作：ブルーゲイル　著：雑賀匡
116 傀儡の教室 原作：ruf　著：英いつき
117 インファンタリア 原作：サーカス　著：村上早紀
118 夜勤病棟～特別盤 裏カルテ閲覧～ 原作：ミンク　著：高橋恒星
119 姉妹妻 原作：13cm　著：雑賀匡
120 ナチュラルZero+ 原作：フェアリーテール　著：清水マリコ
121 看護しちゃうぞ 原作：トラヴュランス　著：雑賀匡
122 みずいろ 原作：ねこねこソフト　著：高橋恒星

123 椿色のプリジオーネ 原作：ミンク　著：前薗はるか
124 恋愛CHU! 彼女の秘密はオトコのコ？ 原作：SAGAPLANETS　著：TAMAMI
125 エッチなバニーさんは嫌い？ 原作：ジックス　著：竹内けん
126 もみじ「ワタシ…人形じゃありません…」 原作：ルネ　著：雑賀匡
127 注射器2 原作：アーヴォリオ　著：島津出水
128 恋愛CHU! ヒミツの恋愛しませんか？ 原作：SAGAPLANETS　著：TAMAMI
129 悪戯王 原作：インターハート　著：平手すなお
130 水夏～SUIKA～ 原作：サーカス　著：雑賀匡
131 ランジェリーズ 原作：ミンク　著：三田村半月
132 贖罪の教室BADEND 原作：ruf　著：結字糸
133 -スガタ- 原作：May-Be SOFT　著：布施はるか
134 Chain 失われた足跡 原作：ジックス　著：桐島幸平
135 君が望む永遠 上巻 原作：アージュ　著：清水マリコ
136 学園～恥辱の図式～ 原作：BISHOP　著：三田村半月
137 蒐集者～コレクター～ 原作：ミンク　著：雑賀匡
138 とってもフェロモン 原作：トラヴュランス　著：村上早紀
139 SPOT LIGHT 原作：ブルーゲイル　著：日輪哲也

141 家族計画 原作：ディーオー　著：前薗はるか
142 君が望む永遠 下巻 原作：アージュ　著：清水マリコ
143 魔女狩りの夜に 原作：アイル　著：南雲恵介
144 憑き 原作：ジックス　著：布施はるか
145 螺旋回廊2 原作：ruf　著：日輪哲也
146 月陽炎 原作：すたじおみりす　著：雑賀匡
147 このはちゃれんじ！ 原作：ルージュ　著：三田村半月
148 奴隷市場ルネッサンス 原作：ruf　著：菅沼恭司
149 新体操(仮) 原作：ぱんだはうす　著：雑賀匡
150 Piaキャロットへようこそ!!3 上巻 原作：エフアンドシー　著：畑まさし
151 new～メイドさんの学校～ 原作：SUCCUBUS　著：七海友香
152 はじめてのおるすばん 原作：ZERO　著：南雲恵介
153 Beside～幸せはかたわらに～ 原作：F&C・FC03　著：村上早紀
155 性裁～白濁の禊～ 原作：ブルーゲイル　著：谷口東吾
157 Sacrifice～制服狩り～ 原作：Rateblack　著：布施はるか

好評発売中！

〈パラダイムノベルス新刊予定〉

☆話題の作品がぞくぞく登場！

6月

140.Princess《プリンセス》 Knights《ナイツ》上巻

ミンク　原作

前薗はるか　著

　神竜の血を引くランディスは、祖国グランダを乗っ取ったレンガルト軍を倒すことを決意する。ナイツと呼ばれる、ランディスを慕う女性たちと旅をすることに…。壮大なファンタジーSLGが上下巻で登場！

158.Piaキャロットへようこそ!!3中巻

エフアンドシー　原作

畑まさし　原作

　あこがれのさやかと共に４号店で働くことになった明彦。仲よくなろうとするが、つまらない誤解でふたりの距離は離れてゆく。そんな時、店長である朱美の秘めた想いを知り…。

7月